# 恋じゃなくても

not
romantic love
ideology

Momo Tachibana

橘もも

双葉社

写真　　川しまゆうこ
和菓子　内山史
装幀　　アルビレオ

# 恋じゃなくても

# 第一話

その日、結木凪《ゆうきなぎ》は、野良猫みたいに拾われた。

朝はからっと晴れていたのに暗雲たちこめ、ゲリラ豪雨の発生した夕暮れどき。傘を持っていなかった凪は、全身ずぶ濡れのまま傘を買う気力も湧かず、ぼんやりとたどりついたコンビニの前に置かれたゴミ箱の隣でうずくまった。今の自分には似合いのかっこうだと、珍しくやさぐれていた凪にちらほらと向けられる好奇のまなざしを無視して、冷えた二の腕を両手でこすり、膝の上にこてんとおでこをのせる。しみじみと深い息を吐いたそのとき、太ももの隙間から真っ赤なペディキュアを塗った足先が目に入った。

邪魔だと怒られるんだろうか。と、顔をあげた凪の前に、白いタオルが無言でずいと差し出された。銀行の名前が薄く青く印刷された、どこの家庭にも一枚はありそうなありふれたタオル。黙ってそれを受けとると、凪は印刷文字に重なるようにして瞼をこすった。そんなことをしても、溶けた化粧の汚れがごまかせるわけではないのはわかっていたけれど、まっしろなタオルにできるだけシミをつけないことが、そのときの凪にできる精一杯の意地だった。

タオルを貸してくれたのは、ダメージジーンズをすらりと着こなした肉づきのいい美脚の持ち主だった。お礼を言おうと見上げて一瞬言葉を失ったのは、そこにいたのが、紫のメッシュを入れた灰色の髪をまとめあげる、凛とした老婦人だったからだ。二十九歳の凪よりもずっと姿勢がよく、強い光を瞳に宿したその人は、何かを裁定するように凪をじっと見つめると、たった一言、こう告げた。

「ついておいで」

なぜだろう、と今でも凪はふりかえって思う。安いドラマならきっと恋が始まるシチュエーション。日頃の凪なら絶対に乗らない唐突な誘いを、どうしてあのときは迷う余地もなく受けてしまったのか。

まるで天啓のように、そのたった一言が、凪の心をまっすぐ刺したのはいったい、なぜだったのか。

それが、一条《いちじょう》芙蓉《ふよう》との出会い。

以来、凪は、御年七十八になる彼女とともに、暮らしている。


芙蓉の朝は、はやい。

五時半には身支度を済ませ、白湯を一杯飲んでから散歩に出かける。雨や雪がひどく降っている日はさすがに外に出ることはないが、自室のある五階から一階まで階段で降りてのぼるのを二度くりかえすという。いくら健脚だからって、階段はさすがに危ないのではないかと凪が進言したところ、

「そのためにあなたがいるんでしょう」

とぴしゃりとやられた。散歩についてこい、という意味ではない。異変を感じとることがあれば救急車なり警察なりを呼べ、ということだ。

ともに暮らしている、といっても、凪と芙蓉は同じ家で寝起きしているわけではない。東京で、いわゆる谷根千《やねせん》エリアと呼ばれる下町に、古い六階建ての小さなビルを一棟所有している芙蓉は、五階と六階のワンフロアをあわせたおよそ百二十平米あまりを自身の居室としている。そのひとつ下、四階もまたひとつの住居で、そこを凪は貸してもらっていた。つまり芙蓉は、凪にとっての大家にあたる。駅から徒歩十分もかからない好立地で、一人暮らしの手にはあまる2LDKが十万円。しかも光熱費は込み。そのかわり、可能な限り芙蓉の様子に気を配り、頼まれごとがあれば引き受けるという、同居家族に似た役割を負うのが条件だ。

凪と芙蓉の家の玄関はセキュリティシステムを共有していて、それぞれの扉が開くと、音が鳴るしくみになっている。芙蓉の無事を確認するため、凪は五時過ぎには目を覚まし、出ていく音と帰ってくる音に耳を澄ませるようになった。おかげで毎日、夜の十時にもなると眠たくてたまらなくなる。さして好きでもないテレビ番組や動画を流しながらぼうっと夜更かしすることも、なくなった。今日みたいに予定のない土曜日も、昼すぎまで寝て一日を無駄にするということもなくなり、煩《わずら》わしかった腹まわりの脂肪は、自然とすとんと消えた。

実際のところ、喜寿を過ぎたとはとうてい思えない鍛えられた肉体と精神力をもつ芙蓉の世話を、する必要はほとんどない。できれば朝ごはんは一緒に食べましょう、六時半にはあなたの部屋に行くから、と言われたときはなんて面倒なと内心顔をしかめたし、ここでの生活が始まってしばらくは、いつどんな難題を押しつけられるかと身構えていたものだけど、予想に反して、芙蓉が凪の生活に度を超えて踏み込んでくることはなかった。芙蓉に拾われた雨の日からひと月半が経つけれど、理不尽な要求をされたことも、今のところは一度もない。むしろ凪が仕事から戻ってくると、保冷バッグに入った作り置きの総菜が玄関先に置かれていたり、新鮮な野菜や米を差し入れてもらったり、芙蓉に世話を焼かれているといったほうが正しい。

もともと早起きの得意ではない凪は、芙蓉と朝食をとる習慣がなければ、遅刻しないぎりぎりの時間まで布団のなかだ。芙蓉がいてくれる限り遅刻の心配はないし、「いってらっしゃい」と誰かに送り出されるとそれだけでわずかに力が湧くらしいと気づいてからは、億劫に感じることもなくなった。

「ああ、咽喉《のど》が渇いた。凪さん、お水いただけるかしら」

フライパンにクッキングシートを敷いて鮭を載せたところで、玄関から声がした。凪は手が離せないことが多いので、朝だけは、合鍵で勝手に入ってきてもらうことにしている。

凪は浄水器から常温の水をコップにそそぐと、キッチンカウンターに置いた。芙蓉はそれを一気に飲み干すと、椅子に座って足首をまわし、ストレッチを始める。毎度のことながら、意識高いなあ、と感心してしまう。揶揄《やゆ》しているのではない。心底、尊敬しているのだ。色が塗られていようといまいと、常に美しくみがかれた手足の爪。年相応に皺がきざみこまれながらも、ハリのある肌。鍛えていることがひとめでわかるふくらはぎのふくらみ。凪が芙蓉と同じ歳になったとき、手に入れられているとは思えない。

「いい匂いがしてきた。それ、きのうおみやげにもらった鮭？」

「そうです。普通に焼き鮭として食べます？　おにぎりの具にしちゃうっていうのも贅沢かなと思ったんですけど」

「じゃあね、あれやってちょうだい。お店で売ってるみたいなやつ。なんていうのかしら、ほら、四角いかたまりが三角のてっぺんから飛び出してる……」

「ああ、ほぐさずに入れるんですね」

「ちがうの、中に詰めるのはほぐしたものでいいのよ。それとは別に、かたまりを載せるの！」

「……善処します」

芙蓉は、食道楽だ。路面店で売っている干し芋も、贈られてきた毛蟹も、同じテンションで喜んで食べる。芙蓉との朝食が面倒でなくなってきた理由のひとつは、朝から全力で食を堪能しようとする彼女の姿が、見ていて心地いいからかもしれない。

決して、手間をかける必要はないのだ。パンをあたため、卵とウインナーを焼いただけでも、芙蓉は文句を言うどころか十二分に喜んでくれる。だから、もともと料理が好きでも得意でもなかった凪も、芙蓉のためにできる限りのことはしたいと、早朝からキッチンに立つようになった。鮭のあざやかなオレンジが、薄いピンクに変わっていくのを眺めているだけでけっこう心が躍るものだと、この暮らしを始めて凪は知った。

おにぎりと豚汁、それからだし巻き卵を食卓に並べて、芙蓉と向かい合って座る。いただきます、と手をあわせるまえから、芙蓉は香りを思いきり吸い込んで破顔していた。

「今朝はずいぶんと手が込んでるじゃない」

「まあ、ここで力尽きたとしても、今日はとくにやることもないですし。お天気もいまいちだから、家でだらだらと映画でも観ていようかなあって」

「あら、あなた、暇なの」

芙蓉の瞳がぎらりと光り、凪は、しまったと思う。

「暇、ではないです。前に芙蓉さんも言ってたじゃないですか。何もせず休むのも仕事のうちだって」

「でも、少しくらいは家から出たほうが健康のためよ。あなた、放っておくと昼からお酒飲んで昼寝して、ろくにごはんも食べずに一日を終えてしまうから」

「そんな、人をアル中みたいに……芙蓉さんがくれた手羽の甘辛煮がまだ残っているので、それにはビールがあうよなって思っているだけです」

「つまり、火急の用事はないわけよね」

「それは……まあ」

「じゃあ、今日はちょっと私につきあってちょうだい。大丈夫、そんなに遠くに出かけるわけじゃないから。一階に行くだけ」

睡蓮《すいれん》、という名前の喫茶店がビルの一階にある。芙蓉がオーナーをつとめていて、凪も行けば二割引きにしてもらえるので、何度か利用させてもらっている。

「十時に人と会う約束をしているの。あなたも同席してくれると助かるわ」

「また、あの、ボランティアですか」

「ボランティアじゃないわよ。私のつとめ。立派な、お仕事。今日のお客さんはあなたと同じ年くらいだから、もしかしたら何か役に立つことがあるかもしれないでしょう」

「役に……」

「それにあなたと似た境遇に陥ったみたいなのよね。だとしたら、私よりあなたのほうが慰める言葉も見つけやすいでしょう？　あなただって、同志が見つかればちょっとは気がラクになるかもしれないし」

「はあ……」

「じゃ、頼んだわよ。十分前には、降りてきてね」

言いたいことだけ言うと、芙蓉は語り口には似合わない優美なしぐさで箸を置き、ごちそうさま、と手をあわせ、颯爽と部屋を出ていった。あとには、彼女のまとうすきっとした残り香だけが漂っている。

凪は息をついた。似た境遇の同志を、凪は今のところ求めていない。誰かと傷を舐めあう趣味もないのだけれど。

――ま、しかたないか。

芙蓉の頼みごとは、可能な限り、聞く。どんなに億劫でも、それが条件のうちだ。それに、億劫なことも、重ねていればいずれおもしろみが出てくるということも、芙蓉との生活を通じて学び始めているところだ。

時計を見れば、ようやく七時を過ぎたところ。出かける前に洗濯と掃除は済ませてしまおうと、凪は重い腰をあげた。


芙蓉の所有するビルの二階には、ブルーバードという名の結婚相談所が事務所をかまえている。七年前、七十三歳で亡くなったという芙蓉の夫が、趣味の仲人業を事業化したものだ。今は芙蓉の息子が所長をつとめており、凪も、何度か出勤してくる彼と顔をあわせたことがあった。無口であまり愛想のない彼に、よく仲人がつとまるものだと思ったけれど、もしかしたら、自分の母親が突然拾ってきた女のうさんくささに警戒心を抱いているだけかもしれない。

芙蓉は、ブルーバードの相談役として、籍を置いているらしかった。税金対策用の、名ばかりの役職かと思いきや、本当に〝相談〟を請け負っているらしいと知ったのは、先週のこと。

夜遅くに、涙ぐんだ三十代半ばの女性と睡蓮で話し込んでいる芙蓉と目があった。

あとで聞いたところによると、相手はブルーバードで成婚——結婚相手を見つけて退会しようとしていた会員だという。ブルーバードの仲人たちは、全力で親身に会員に寄り添うことで有名らしい、というのはインターネットで得た知識だが、距離が近いからこそ相談しづらいこともある。芙蓉は、そういうときのための相談窓口なのだと教えてくれた。それが高じて、結婚にまつわること以外も、なんなら会員以外からの相談も持ち込まれることが増えたそうで、凪から見ればとっくに仕事の範疇《はんちゅう》を超えた対応を、昼夜問わず、行っている。

就業時間以外で、同僚の愚痴や相談に乗るのを好まない凪にとって、すべてとはいわないまでも時間があえばだいたいのことに応じる芙蓉は、信じがたいボランティア精神の持ち主だ。そうでなければ見ず知らずの凪を自宅の下に住まわせるなんてこともするはずがなく、自分も芙蓉に助けられた一人である以上、そのふるまいにとやかく言うことなどできない、というのもおとなしくつきあうことにした理由だった。

十分前、と凪に言ったということは、芙蓉は十五分前には席についているはず。そう見越して二十分前に睡蓮に入ると、すでに到着していたらしい相談者が恐縮した様子で、芙蓉の向かいに座っているのが見えた。

一瞬デジャヴュかと思うほど、先日見かけた相談者と似ている。黒髪のミディアムヘアに、白いシャツ、パステルピンクのスカート。違うのは、おっとりしていそうだなという印象だけだ。

「私、遅刻してませんよね？」

いちおう確認すると、女性はさらに身を縮こまらせて、すみません、とかぼそい声で言う。

「このお店、十一時までのモーニングも人気だって口コミで見たから、混むと思って……」

芙蓉は呆れたように手をひらひらと振った。

「やあね。私の店なんだもの、席くらい確保しておくに決まってるじゃない。ねえ」

「芙蓉さんのお店だなんて、言われなきゃ気づきませんよ」

「あら、だってみんな知ってることだもの。あなた、知らなかったの？」

「所長から前に聞いた、ような、気はするんですけど」

と、ますます声が細くなる女性が哀れになってくる。が、芙蓉の隣に座って、ようやく彼女が恐縮しているわけを察した。芙蓉の陰に隠れて見えなかったが、女性の前には三分の一かじっただけのトーストの置かれた皿がある。迂闊といえば迂闊だが、想像以上にはやくやってきた芙蓉と食べかけの朝食を前に、どうしたらいいかわからなくなったのだろう。

「私もモーニング頼んでいいですか」

そう言うと、女性がほっとしたように表情をゆるめた。芙蓉は、眉をひそめる。

「あなた、さっき朝ごはんを食べたばかりじゃないの」

「ここのモーニング、私も気になってたんです。そのうち、十一時ぎりぎりに駆け込んで、お昼がわりに食べてみようと思ってたんですけど、いっつも気づいたら終わってて」

「ま、よく食べるのは健康な証拠ね。私のおすすめはねえ、サルサドッグ。メキシコ料理屋さんで教えてもらったレシピを使ってるから、けっこう本格派なのよ」

「じゃあ、それで……あとホットコーヒーをお願いします」

注文をとりにきた店員に告げると、女性が凪に向かって小さく頭を下げた。よかった、と凪も安堵する。この対応は、間違ってなかった。

「じゃ、紹介するわね。この方は、ブルーバードの会員で、水野沙良《みずのさら》さん。沙良さん、こちらは結木凪さん。うちの店子《たなこ》さんよ」

「たなこ?」

「部屋を借りてる人ってこと。私の秘書みたいなこともしてもらっているから、同席させてもらおうと思って」

いったいいつからあなたの秘書に。

と思ったが、訂正するような野暮は控えて、凪は曖昧にうなずいて自己紹介をする。

「ふだんは学習教材をつくる会社で総務の仕事をしています。二十九歳なんですけど、沙良さんも同い年くらいだから、同席したほうが話しやすいんじゃないかと芙蓉さんに言われまして。もし私がいると話しづらいようでしたら席をはずすのでおっしゃってください」

あ、いえ、と沙良が口ごもったところで、サルサドッグが運ばれてきた。芙蓉の前には、自家製の柚子シロップを溶かしたソーダが置かれる。芙蓉の指示で最近新たにくわわったメニューらしい。

「お客様の前で、失礼します。食事、いただきます。沙良さんもどうぞ、ご遠慮なさらずに」

「……ありがとうございます」

サルサドッグにかぶりつく凪を見て、沙良はようやく小さく笑った。すっかり冷えてしまっただろうトーストを口にして、おいしい、と口元をほころばせる。そうでしょう、そうでしょう、と芙蓉はご満悦だ。確かにサルサドッグも、なかなかの本格派で、味がしっかりしている。しっかりしすぎて、ちょっと、からい。額に汗が浮きそうになる。

「沙良さんはね、先月真剣交際されていた方からプロポーズされて、今は結婚準備を進めているところなの」

真剣交際、というのは結婚相談所の用語で、真剣に結婚を見据えた交際ということだ。その一歩手前、仮交際と呼ばれる段階では、複数人とのお見合いを同時並行で進めることもできるが、真剣交際に入れば、それがNGとなる。一対一で関係をさらに深めた結果、お互いに結婚の意思がかたまったところで男性からプロポーズをするのが通例だ。そうして晴れて、二人そろって成婚退会となる。

「うちではね、プロポーズがうまくいっても、婚姻届を役所に提出するまでは、籍を置いておくことを勧めているの。どんな事情があって、すれ違いが生じるかわからないでしょう？　なんだか違和感があるな、と思っても、退会したあとだと、あとには引けないと思ってそのまま突き進んでしまうこともある。いつだって引き返せるし、味方は背後にたくさん控えているんだってことを、最後の最後までわかっていてほしいから」

わかる、と凪は実感をこめてうなずく。

結婚が決まった、と周囲に伝えて祝福されたあとに、やっぱりなし、と決断するのはとても勇気のいることだ。多少の妥協や我慢は必要だと、違和感を飲み込んでしまう人は、決して少なくないだろう。その先で、乗り越えていける人もいれば、やっぱりだめだったと後悔する人もいるはずだ。

「いいシステムですね」

実感をこめて凪が言うと、沙良の表情がゆがんだ。ほんの少し、泣きだしそうに。

「とりあえず退会は待ったほうがいいって言われたとき、私、最初はむっとしたんです。彼とは金銭的なことも子どものこともさんざん話しあってから結婚を決めたし、問題が発生するとは思えなかったから」

わかる、とふたたび凪はうなずく。

沙良は、申し訳なさそうに目を伏せた。

「その……いやな言い方なんですけど、少しでも長く月会費を徴収しようとしているのかな、って思ったんです。良心的だと思っていたけど、けっきょくこの相談所も商売なんだな、って。

でも……」

相談所の勧めが正しかったことを、沙良は痛感するはめになる。

思いもよらぬトラブルが発生したのだ。だから、彼女は、ここにいる。

「私、もうどうしたらいいかわからなくて。お力を貸していただけませんでしょうか」

そう言って、沙良は芙蓉と凪と順番に視線をあわせ、ゆっくり深々と頭をさげた。


婚約指輪はいらないと、沙良は相手——藤原裕樹《ふじわらゆうき》に言ったのだった。結婚指輪は、欲しい。でも婚約指輪は普段使いがしにくいし、もともと沙良はアクセサリーにそれほど強い興味がない。それよりも、もともと旅が好きな彼女は、新婚旅行にお金をかけたかった。いつもよりちょっといいホテルに泊まって、いいレストランで食事がしたい。そんな沙良の申し出に、いいね、と快く賛同してくれた裕樹は、プロポーズのときには花束だけを用意してくれた。結婚指輪は、二人でいくつかの店を一緒に見てまわる予定だったという。

ところが。

「初めてご実家にお邪魔したとき、ご両親もいる目の前で彼が、青いビロードの箱をとりだしたんです」

中に入っているのは指輪以外に考えられないその箱に、戸惑う暇も与えられず、裕樹は満面の笑みで沙良に差し出した。

「開けてみて。喜んでくれるといいんだけど」

喜ぶ以外の反応は期待していない、心の底からわくわくした表情だった。

いやな予感がしながら、もしかしたらブローチやネックレスかもしれないし、とおそるおそる箱を開いた沙良の目に飛び込んできたのは、親指の爪ほどもある赤い石のはめこまれた銀細工の指輪。

ああ、と沙良が息をついたのを、感嘆と勘違いした裕樹はぱっと表情を輝かせた。

「きれいだろう⁉　きみの細くて白い指によく映えると思うんだ」

「どう、したの、これ」

「もちろん、婚約指輪だよ。驚いた？」

「……うん、驚いた。でも、どうして？　婚約指輪はなしって、話し合って決めたはずなのに」

裕樹の顔を直視することのできなかった沙良は、しかたなく指輪をとりだした。どこのブランドのものなんだろう。箱には何も書かれていない。それに、買ったばかりにしては年季が入っているような気がする。もしかして、アンティーク？　それにこの指輪、沙良の指にはどう考えても、大きすぎる。中指にはめても、ちょっと余るくらいだ。いったいどうして、こんな。

そもそも沙良は赤いルビーなんて好きでもなんでもないというのに。

まとまらない思考を薄い微笑《ほほえ》みで隠しながら、沙良は指輪の内側になにか文字が彫られていることに気がついた。

from H to A

——A？

「それはね、俺のじいちゃんが、ばあちゃんに贈った指輪なんだ」

「……え？」

「若いころは貧しくて、結婚するときあんまり金をかけられなかったのを、じいちゃんはずっと後悔していたんだって。だからいつか、でっかい宝石のついた指輪をプレゼントするんだってがむしゃらに働いて、銀婚式のときにそれをプレゼントしたらしいんだ」

「銀婚式……って、二十五周年記念の……」

「そう。そのころにはじいちゃんも出世して、出張で海外にも行くようになってたらしくてさ。現地で見つけたいちばんきれいな宝石を、職人に頼んで指輪に仕立ててもらったらしいよ」

「現地……」

「赤いルビーは、深い愛とか情熱的な愛とかって意味があるんだって。ばあちゃん、死ぬまでそれを大事にしててさあ。そのときの思い出を語るたんびに涙ぐむの、子どもながらに感動しちゃって。俺もいつか、結婚するときがきたら、同じように指輪をプレゼントするんだって決めてたんだ」

なるほど、と沙良は思った。

裕樹の気持ちも事情もよくわかった。Ｈは祖父でＡは祖母なのだろうということも、その当時にしてはこの指輪がそうとうハイカラで素敵なものだったのだろうということも推察できる。だがしかし。

なぜその指輪を、沙良に？　新しく仕立てるのではなく？

裕樹は、続けた。

「その指輪はいわば、夫婦の、家族の、愛の象徴なんだ。父さんは、ばあちゃんから譲り受けたその指輪を、婚約指輪として母さんに贈った。今度は、母さんから俺が譲り受けて、沙良に贈る番なんだ！」

なるほど、とは思えなかった。

沙良の笑みはきっとひきつっていただろう。だが、どうして拒絶できるだろう。とうとうと語る裕樹を、あたたかいまなざしで見守るその両親を前にして。素敵なお嬢さんが裕樹を選んでくださってうれしいわ、と受け入れてくれた、その指輪の持ち主だった女性を前にして。

「サイズは今度直しにいこう。結婚指輪も、その指輪に重ねて似合うやつがいいなあ」

目の前が、まっくらになった。

それから、そのあと、どんなふうに裕樹やご両親と会話をして帰路についたのか、沙良はまるで覚えていない。

「素敵な、ことだと思うんです。そういう、大切な思い出が代々引き継がれていくのは」

沙良は力のない声で言った。

「想いを受けとって、喜ぶ人もいるでしょう。実際、ネットで調べてみたら、義理の母から婚約指輪を譲り受けるケースは少なくないらしくて、素直に喜んでいらっしゃる方もたくさんいました」

「でもそれは、指輪がよっぽど高価なものか、趣味にあう素敵なものかだった場合じゃないの？」

遮った芙蓉は、心底、忌々しそうな顔をしていた。

そんな顔もできるのか、とひと月半ともに過ごした凪が驚いてしまうほどに。

「あるいは、義理の母との関係がよっぽど良好な場合よね。でもあなた、向こうのお母さんとは初対面だったんでしょう。いきなり、知らないおばあさんとおじいさんのロマンス聞かされたって愛着はわかないし、面食らって当然よ」

「でも私、素直に喜べない自分が、ものすごくいやな性格をしているような気がしてしまって」

「そりゃあ、そういうわれに目がないロマンティックな女性もこの世にはいるでしょうけど。事前になんの説明もなく、いきなり渡されて喜べって言われてもねえ、私なら無理だわ。そもそも、趣味じゃないアクセサリーはどんなに上等なものでも欲しくないもの。相手のために身に着けてあげなきゃいけないのも面倒くさいし。好きじゃないアクセサリーって、身に着けるとそれだけで気持ちが下がるし」

「そう……そうなんです……！」

沙良は拳をにぎって、前のめりになった。

「私が婚約指輪をいらないと言ったのは、お金をかけたくないというのも、もちろんありますけど、よぶんなものを持ちたくないからでもあるんです。身の回りに置くものは、本当に気に入ったものだけを厳選したくて……彼にも、そう伝えたはずなんですが……」

「アクセサリーに興味がない、ということは、こだわりもないからどういうものでも喜ぶはずだと思い込んじゃったんでしょうね」

そうなんです、と沙良は消え入りそうな声でつぶやいた。

指輪を押し付けられたことよりも、裕樹が沙良の言い分をまるで聞いていなかったことにショックを受けている、というのがそれだけで伝わってくる。

「こんなことなら、婚約指輪が欲しいと言っておけばよかったです。そうすれば自分の好きなデザインを選ぶことができたのに……」

「どうかしら。代々引き継ぐことに意味があるのだから、どのみちプレゼントされていたんじゃない。あなたにとっては、さして必要じゃないものが二つに増えるだけで、あんまり意味がなかったと思うわね」

「うう……」

「まあでも、それくらいはねえ。おつきあいのうちと割り切ったほうがいいと思うけど。たいして場所をとるものじゃないし、なくすと怖いからと言ってふだんはしまいこんでおいて、結婚記念日とか、相手がつけてほしそうなときだけつける、くらいの妥協はできないかしら？

それで夫との関係が良好に保たれるのなら、安いものじゃない」

芙蓉の言うとおりだな、と凪は小さくうなずく。

趣味じゃないものが身の回りに増えていくことを許容していくのもまた、結婚に付随するもののひとつだろう。結婚していない凪に、沙良もえらそうなことは言われたくないだろうけれど。

「それとも、それすらいやになるくらい、向こうのお母さんにいやな思いでもさせられた？」

問う芙蓉に、沙良はふるふると首を小さく揺らす。相談、というよりは、愚痴を聞いてほしかったのだろう。凪の出番はなさそうだ、とわかって気持ちが軽くなる。芙蓉の期待した、凪の慰めが必要になるような案件でなくてよかった、と。そして壁にかかった時計に目をやる。

十時二十分すぎ。天気が崩れる前に、せっかくだから駅前の本屋にでも行ってこようかと、意識をそらしかけたそのとき。

「私も、そう思っていたんです」

沙良はうつむいたまま続けた。

「結婚にはそういう妥協も多かれ少なかれ必要なんだろう、我慢ならないほどじゃないし、今後は警戒しつつも受け入れよう、結婚ってきっとそういうものなんだ、って。でも」

なくしちゃったんです、と震える声が、凪と芙蓉の耳に届く。

「この間、両家の顔合わせがあったんです。もらった指輪をしていくことになっていたので、出がけに箱を開けたら」

からっぽだった。

指輪は、どこにもなかった。煙のように、消え失せていた。

顔をあげた沙良の瞳には、はっきりと、涙が浮かんでいた。

「芙蓉さん、凪さん、私、どうしたらいいでしょう」

どうしたら、って。

そんなこと、言われても。

隣に座る芙蓉の顔をうかがい見る。

さすがに口をへの字にまげて、芙蓉も、知らないわよそんなこと、という顔をしていた。

指輪は、もらったその日に沙良の目の前で裕樹がしまい、義理の母となる人——聡子《さとこ》が薄紅色のちりめん布で包んでくれた。一人暮らしのマンションに帰宅すると、沙良はすぐに箱を通帳や印鑑が入っている引き出しにしまった。それ以来、顔合わせの当日まで、一度も開けていない。水道工事のたぐいも含めて、沙良の家には裕樹以外の誰も足を踏み入れていないし、泥棒が入った痕跡はもちろんない。

「そもそも通帳と印鑑は手つかずなんだものねえ」

芙蓉が言うと、沙良は激しくうなずいた。実家にいた頃なら妹が勝手に持ち出した可能性もあるが、今の家の合鍵は誰にも渡していない。裕樹は例外だけど、沙良のいないときにやってくることはないし、そもそも彼には盗《と》る理由がない。それが本当なら沙良に落ち度はひとつもなく、不可解きわまりない話であるが、だからこそ信じてもらえない可能性は高く、思いつめる気持ちはわからないでもなかった。

「で、けっきょく、顔合わせの当日はどうしたの」

芙蓉が聞くと、沙良は眉をきゅっとひそめた。

「なくすのが怖くて、ギリギリまでしまっておいたら、うっかり忘れてしまったということで押しとおしました。平謝りするうちの両親には本当に申し訳なかったですけど、彼も笑って許してくれて」

なあなあ、あれ覚えてる？　初めてうちで手料理つくってくれるって言ってさ、ハンバーグの材料買いに行ったのに、肝心のひき肉だけ買い忘れちゃったの。沙良って、そういうところあるよな。ふだんはめちゃくちゃしっかりしてるのに、なんでそこ？ってところで抜けてるっていうか。でも俺、そういうところがホッとするっていうか、嬉しかったりもするんだよね。

俺の前では肩ひじ張らずにいられるのかなあ、ってさ——。

そんな裕樹のフォローに、沙良の両親はますます恐縮したが、沙良のいいところも悪いところも全部受け止めてくれそうだ、と評価はうなぎのぼりだったという。裕樹の父親も、お前もたいがいいい加減な奴だから、沙良さんを守るためにちょっとは気が引き締まっていいんじゃないか、なんて酒を飲みながら上機嫌だったらしい。

「お義母さんも、そうねえ、って笑っていました。ちゃんとしたお嬢さんだから裕樹のいいかげんさに愛想つかされないかしらと心配だったけど、いい具合に補い合っていくのが夫婦というものですしね、って。顔合わせもつつがなく終わって、ああよかった、とりあえずはなんとかなった、ってそう思ったんですけど……」

散会となり手洗いに立ち寄った沙良のあとに聡子が続いた。洗面台の前で二人きり、個室の扉もすべてあいていることを確認すると、聡子は、柔和な面立ちをきゅっとひきしめ、それまで見せたことのない冷ややかな表情で沙良を見つめてこう言った。

「裕樹はああ言っていましたけど、日頃どれほどしっかりしていらっしゃっても、肝心なところでミスをするような方を私は信用することはできませんよ」

いわく、あの指輪には藤原家に快く迎え入れようという自分たちの想いがこもっているのだと。顔合わせの場に忘れてくるということは、その想いを拒絶しているととられてもおかしくはない。裕樹を大切にする気があるのか、沙良の想いまで疑いたくなってしまう。というようなことを淡々と言われて沙良は縮み上がるより他なかった。どちらかというと小柄で、初めて会ったときからおとなしそうな印象しかなかった聡子の迫力に圧され、紛失したなんてことが知れたら破談以外の道はないと沙良は悟ったという。

「でも、ないものはない。しかたないですよね」

うなだれる沙良に、凪は初めて口を挟んだ。

「最初から入ってなかったってことはないんですか？」

沙良は首を横にふる。

「指輪を箱にしまうところは私も見ていましたから……。彼が布で包もうとしたんですけど、不器用でうまくできないものだから、お義母さんがひきとって。そのまま帰るまでテーブルに置いたままでしたけど、誰も開けてはいないはずです」

ふうむ、と芙蓉がうなった。

沙良は、さみしそうに笑う。

「すみません、わかってるんです。もうどうしようもないってこと。正直に話して、許されないなら破談を受けいれるしかないんですよね。すごく……すごく、悔しいですけど……」

どこかに置き忘れてきたとか、転んで鞄の中身をぶちまけた覚えがあるとか、自分の落ち度に心当たりがあれば、まだ納得もできただろう。だけど、自分が欲しがったわけでもない、どちらかというと押しつけられた指輪が原因で結婚がだめになるだなんて、簡単に受け入れられるはずがない。

「……やっと、あがれると思ったのにな」

沙良がつぶやいた。

え、と凪が聞き返すと、沙良はきゅっと薄い唇を一文字に結び、頭をさげた。

「土曜の朝早くから、ありがとうございました。聞いていただけて、少し、心の整理がつきました」

「せめてブランドものの指輪ならねえ。買い直せば済む話なんだけど……でも、そうだ。指輪は職人に頼んだって言ってたわよね。その方に、コンタクトをとることはできないのかしら」

「あ……確かお義母さんのときも、サイズ直しは同じ職人さんにお願いしたって言ってました」

「じゃあもしかしたら、指輪のデザインを覚えているかもしれない。一度、会いに行ってみなさいな。もしかすると、おじいさんは海外から石だけ持ち帰って、その職人のところで指輪に仕立ててもらったのかも。だとしたら、デザイン画が残っている可能性もあるわ」

「それは……似たものを偽造しろと……？」

「一か八かの賭けだけどね。職人の気質によっては、そんなたばかりは許さんとばかりに告げ口する可能性もあるし。でもまあ、どのみち破談になるなら、その前に打てる手は打っておいてもいいんじゃない。直球に頼まなくても、様子をうかがうくらいは。ほら、友達に羨ましがられて、デザイン画があれば見たいと言われたとかなんとか言ってさ」

「なるほど、その手が……」

考えが及びもしなかった、とばかりに沙良は目を瞬かせる。そして、何度目かの深いお辞儀をした。

「ありがとうございます、本当に。だめもとで、できることはやろうと思います」

顔をあげた沙良の瞳はふたたび潤んでいた。凪は、泣きだしそうな顔を何度もするわりには泣かないなこの人、と静かに見つめていた。

そうして、十一時になるより前に、沙良は、店を出ていった。凪が驚いたことに、喫茶の代金は別会計で、最初から伝票もわけられていた。

「そりゃあ、そうでしょう。たかだかコーヒー一杯だって、相談に来る人、来る人、全員にごちそうしていたらどれだけの出費になると思ってるの」

あっけらかんと言って、芙蓉は片手をあげて店員を呼ぶ。ホットコーヒーを追加で注文する彼女に、凪は本屋に行く予定を諦め、同じものをとお願いする。

「あら、さっきもコーヒーだったじゃない。いいの?」

「だってここ、コーヒーのお代わりは三百円ですから」

「あなたのぶんは、さすがに私が払うわよ。朝からつきあわせちゃったんだから」

「まあでも、芙蓉さんにおつきあいするのは、契約のうちみたいなものですし」

「ふうん。じゃあ、和菓子でも食べなさいよ。それはごちそうしてあげる。おいしいのよ、ここの。日替わりで入荷してってね。今日はええと」

「豆大福がおすすめですよ」

不意に、耳元でささやくような声がして、凪は飛びあがった。

「あらあ、繕《ぜん》ちゃん。いたの」

「いました。朝からおつかれさまです」

ふりかえると、凪たちと背中合わせに座っていた男性が身を乗り出している。

凪よりは少し年上、だろうか。線が細くて、骨ばってはいるけど、猫のロシアンブルーを思い起こさせるようなたたずまい。派手さはないが人目を惹く、気品のようなものを感じる。

「声、かけてくれたらよかったのに」

「いやあ、無理ですよ。僕が来たときにはもう一人の女性が語りだしていたし、だいぶ重たい内容だったし。……あ、すみません。ちょっと聞いちゃいました」

「まあ、しょうがないわよ。聞こえちゃうもんは。で、あなたはどう思った？　あの子の話」

「ちゃんと聞いていたわけじゃないので、なんとも。でもまあ、面倒に巻き込まれてまで結婚したいなんて奇特な人だなあと」

「あなたならそう言うわよね。……ああ、凪さん。ごめんなさいね。こちら、朝比奈《あさひな》繕さん。ここに和菓子をおろしている、フリーの職人さん」

「フリー、とかあるんですか、和菓子職人にも」

「あるんです。いい時代ですよね、ＳＮＳがあれば実店舗を持っていなくてもどうにかなる」

「この子は凪さん。今、うちの下に住んでるの。ちょうどいいから、こっちの席にいらっしゃいよ」

「そうしたいのはやまやまなんですけど、今日は、午後から茶会用の注文が入ってて、届けに行かないと」

「つまんないわね。忙しいのはいいことだけど、最近、あまり遊びに来ないじゃない。たまにはごはん食べにいらっしゃい」

「絶対行きます。芙蓉さんのきんぴら、また食べたい」

「なんだってつくってあげるわよ。あ、伝票は置いていきなさいね」

「いいんですか。お言葉に甘えます」

繊細そうな雰囲気に反して、柔らかな笑みをこぼすと繕は立ち上がった。ぱりっとアイロンのかかった丈の長い白シャツに、八分丈の黒いパンツ。左腕には、年季の入った革時計。使い古されて味の出始めた革鞄。こだわりが強そうで、凪が敬遠するタイプでもある。

なんてことは、もちろんおくびにも出さずに軽く会釈をする。そのとき、繕もまた凪に見定めるような視線を送っていることに気がついた。薄く微笑んではいるものの、目が笑っていない。

——なに？

不審に眉をひそめるより一瞬前に、繕は凪から目をそらし、店を出ていった。入れ替わりでコーヒーと豆大福が運ばれてきて、凪は芙蓉の向かいに席を移す。

「で、凪さんはどう思った？　かわいそうとか、嘘ついてるんじゃないかとか、沙良さんに対する印象は」

「嘘をついているようには見えませんでしたけど……案外、肝が据わっているのかもとは思いました。指輪をなくしたことも、言うほど落ち込んではいないような気がしましたし」

「婚約破棄されるかもしれないっていうのに？」

「偏見かもしれませんけど、それほど思いつめているなら、相談ついでにはやく行ってモーニング食べようなんて気持ちになるかな、って。それとこれとは別なのかもしれませんけど」

「そうよ。あの日のあなただって、落ち込んでいるわりに食欲はあったわよ。ごはんを出したらもりもり食べてたもの」

「……そういう経験則からいえば、モーニングに興味が向くくらいの余裕があるなら多少は安心だ、というのが私の受けた印象です。逆に、そうすることでしか気を紛らわせることができない、ということかもしれませんけど」

最初はすぐにでも退会しようと思っていたくらい、沙良は婚約者に安心しきっていたのだ。その相手を失うとなれば、平静でいられるはずがない。それに、長くつきあっていた相手となんとなく結婚しようと思ったわけではなく、沙良は明確に、結婚というゴールをさだめて、相談所に入会しているのだ。手に入れたはずの成果があぶくのように消えてしまったら、自力では立っていられなくなるかもしれない。――ひと月半前の、凪のように。

「大丈夫よ」

凪の心を見透かしたように、芙蓉が言った。

「だめになっても、私たちがいる。また新しいお相手を一緒に探せばいいの。うちはね、四十五十を過ぎた女性にも素敵なお相手が見つかることで有名なのよ」

自慢げに芙蓉は胸を張る。

「案外平気そうなのは、沙良さんもどこかで心が引いてしまっているからかもね。向こうのお母さん、なかなか手ごわそうだもの。家族ぐるみでこれからずっとつきあっていくことを考えると、及び腰になっているのかもしれない。よくあるのよ、そういうことは」

「結婚は、家と家との結びつきって言いますしね」

「場合によりけりだけどね。当人同士がしっかり心をつないでいれば外野があれこれ言ってもうまくいくケースはたくさんあるけど、沙良さんの場合、指輪を勝手に押しつけられたことで彼への不信感も生まれているのかもしれない」

「指輪を忘れた、って言ったときの彼のフォロー、素敵でしたけど」

「どうかしら。案外、盗んだのは彼で、鷹揚に見せることでイニシアチブをとろうって魂胆かもよ」

「それはうがちすぎでは」

「そうかしら。珍しくもないことだと思うけど。まあ、よくも悪くも呑気な人だって希望はもちたいけどね。おばあさまたちの由来も含め、自分が素敵だと思っていることを、沙良さんもあたりまえのように受け入れてくれると信じているんだって。それはそれで厄介だけど」

「どちらにしろ駄目じゃないですか」

「デザイン画、残っているといいけど。あるいは、紛失したことを知っても、彼が味方になってくれたら」

「そうですねえ」

いちばんいいのは婚約指輪が見つかることだ。しかし沙良の話が本当なら、藤原家のリビングに転がっているとも考えにくい。

「指輪、どこに行っちゃったんでしょうねえ」

言いながら、凪は大福にかぶりつく。

思ったより甘さは控えめで、もちのやわらかさと豆のかたさが絶妙なバランスで、気づけば胃の中におさまっていた。

なんにせよ、あれだけ食べられていたなら沙良は大丈夫だろう。今の自分が大丈夫であるように、と凪は思った。

夕暮れ時からいつも混む、最寄り駅からほど近い商店街の惣菜屋で列に並んでいる沙良を見かけたのは、翌週の水曜日の夜のこと。梅雨の隙間に晴れてはいたが、湿度の高い空気に押しつぶされそうになりながら、夕食を物色しにきたところだった。凪と目があった沙良は、とっさに視線をそらしたけれど、ごまかせるわけがないと思い直したのか、軽く頭を下げる。

「このあたりにお住まいなんですか？」

「いいえ。このあいだ相談に来たときに通りがかって、おいしそうだなあと気になったので……」

それでわざわざ再び足を運ぶとは、ずいぶん食に対する好奇心が旺盛なのだなと感心していると、沙良は気まずそうな表情を浮かべたまま列を離れた。

「ごめんなさい」

謝る沙良に、凪は首をかしげる。

「ふてぶてしい女だと思いますよね。食い意地ばっかりはっていて」

「食欲があるのは責められるようなことじゃないですよ」

芙蓉とも話したことを、凪は淡々と返す。

「それより、いいんですか。せっかく並んでいたのに」

先頭から三人目だった沙良は、十五人ほど並んでいる行列を横目に見て苦笑する。

「大丈夫です。とくにすることもないので、並びなおします」

「本当に惣菜を買いに来ただけなんですか？　芙蓉さんに会いにきたわけではなく？」

聞くと、沙良は肩をすくめた。

「……本当のところを言うと、おうかがいしようか迷っていました。でも、事前にご連絡もしていないし。ブルーバードの仲人さんたちに相談するには、まだ気持ちが落ち着いていないし。うろうろしているうちにお腹がすいてしまって」

「なるほど」

どのみち水曜と土曜の夜は、芙蓉は遅くまで不在である。何をしているのか知らないが、趣味の集まりがあるのよ、と上機嫌で出かけていく。

凪は、迷った。

かわりに話を聞く義理は、凪にはない。お節介を焼く性格でもなければ、沙良にそれほど強い興味を惹かれているわけでもなかった。それなのに、

「お惣菜買って、うちで食べます？」

声をかけてしまったのは、芙蓉の顔が脳裏をよぎったからだ。彼女ならきっと、そうする。ずぶ濡れの凪に手を差し伸べたように、相手の事情に興味がなくても、ごく自然に。あたりまえだという顔をして。

戸惑いの表情を浮かべたのは一瞬で、沙良はすぐにうなずいた。やっぱり、おどおどしてい

るわりには、肝が据わっている。

断られなかったことに安堵している自分に驚きながら、凪は沙良と一緒に蓮根のはさみあげやコロッケ、焼き鳥などを適当に買って帰路をともにした。

睡蓮をとおりすぎてエレベーターに乗り込むと、階数ボタンの上に吊るされた一輪挿しのヒメヒマワリに沙良が目を留める。

「それ、芙蓉さんが飾ってるんですよ。二、三日に一度、替えてるみたいです」

「ブルーバードに行くとき、いつも気になってたんです。こういう、生活の隅々まで気を配れる人が本当は結婚にも向いているんでしょうね」

そうかな、と凪は首を傾げた。花を生けることも含めて、芙蓉のそれは、すべて自分自身を喜ばせるためのものであるように凪の目には映っていた。凪に声をかけたのも、ブルーバードの相談役を引き受けているのも、ただ自分がそうしたいからであって、根本にあるのが慈愛や献身の精神とは思えない。

けれど、それを言うのは控えた。沙良の、どこか自虐的な態度が気にかかった。

家に案内すると、沙良は歓声をあげた。

「めちゃくちゃ素敵なおうちですね。こんなところに一人で住めるなんて羨ましい」

「いろいろと見えないところに不具合があるので、ビル管理のお手伝いも含めて、値段をさげて住まわせてもらってるんです」

誰かを招くようなことがあればそう言え、と芙蓉に言われたとおり口にする。沙良が洗面台で手を洗っているあいだに、凪は冷蔵庫を開け、ルッコラと生ハム、ミニトマトをとりだすと簡単なサラダをつくった。道中、沙良がほどほどに飲めることを聞いていたので、ビールとグラスも用意する。

「すごい。凪さんも、家庭的なんですね。器もどれも素敵」

皿に盛りつけられたサラダと惣菜を見て、沙良が感嘆の声を漏らした。凪が住み始めたときにはすでに、和洋取り混ぜてさまざまな用途の食器が棚に置かれていて、凪が生活用品を揃えなおす必要はなかった。前住人はよほどセンスが良かったらしく、どの器も無造作に食材を並べるだけで様になるので、重宝している。

「家庭的というのは、私を表現するのにいちばん縁遠い言葉ですね。人が来なければ何もしません」

基本的には、電子レンジ以外の器具を使うのも億劫な凪である。芙蓉が来るとき以外は存分に横着を謳歌している。芙蓉と違い、凪は自分のためだけに生活を整えようとする意識が希薄なのだ。今日のように応えてくれる相手がいれば、重い腰もどうにかあげられる。

「家庭的かどうかを気にするんですか、婚約者の方は」

「え？」

「沙良さん、コンプレックスに感じてるみたいだから」

凪が食卓につくのを待って、乾杯しようとしていた沙良の表情がかたまった。しまった、と凪は眉を寄せる。

「ごめんなさい。無神経な言い方でしたね」

「いえ、本当のことですから」

そう言って、沙良は微笑みなおすと、凪のグラスに自分のそれを控えめにあてた。

「ひがみっぽくなってるのは自覚しているんです。婚活が長引くと、選ばれない理由ばかり探して、とげとげしくなっちゃうんですよね」

「選ばれない理由？」

「男の人はけっきょく家庭的な人が好きだから、とか、自分はものをはっきり言いすぎるからだめなんだ、とか。単に、私自身に魅力がないだけなんだって認めたくなくて、あれこれ言いわけをつくってしまうんです」

沙良さんはじゅうぶん魅力的だと思いますけど、と言いかけてやめる。そんな言葉を求めていないことくらいは、凪にもわかる。

「このあいだも今日も、私、ふんわりとした感じの服を着ているでしょう？　本当はもっと、ビビッドな色が好きなんです。スカートよりも、パンツスタイルのほうが好き。でも、それだとモテないから、婚活用にウケのいい服を買いました」

「そこまでしないといけないんですか」

「しなくてもいい、ってブルーバードの仲人さんは言ってくれます。どうしても曲げられないものは大事にしないと、あとから苦しむことになるからって。ただ、間口は狭くなる。就活と同じで、見た目の印象だけで合わないなあってしりぞけられるともったいないから、スーツのつもりで婚活服を着るのはひとつの手ですよって言われて、それでも貫き通したい個性があったわけではなかったから」

でもね、と沙良は苦笑した。

「そうすると、逆に、言いわけがきかなくなるんです。男ウケする服装じゃないからモテないんだ、って言えなくなる。そうなると……今度は内面に、理由を探してしまうんです。そうなると、もうだめ。自分を守るために言いわけを重ねれば重ねるほど、コンプレックスが刺激されて、どんどんひがみっぽくなって、なんなら男の人そのものを憎みそうになってしまう。どうせ量産型のかわいい女が好きなんでしょ、ほんとどうしようもない……っていうふうに」

「それは……つらいですね」

「そうなの。つらいの。……そういう坩堝《るつぼ》から、やっと抜け出せたと思ってたのになあって、なんだか全部がいやになっちゃって。いっそのこと、破談になってもいいかなあと投げやりな気持ちになっているところです」

「デザイン画、見つからなかったんですか?」

沙良のグラスの傾け方は控えめとは言いがたく、そちらのほうが素なんだろうなと思いながら凪は聞く。

「職人さんのところへは、まだ行ってなくて。その前に彼と会ったら、同居の話をもちだされたんですよ」

「向こうのご両親と、ってことですか？」

「そう。そもそも、私は、同居不可で条件を出していたんです。どれほど相性がいいように感じられても、違う文化で育った他人じゃないですか。彼とすりあわせるだけでも大変なのに、ご両親までというのは、私の性格上難しいな、って。だいたい実の親とだってお互い機嫌よく過ごせるのは三泊四日がいいとこなのに」

「わかりますよ。私も、だから家を出ました」

コミュニケーションを重んじる凪の家族は、男だろうと女だろうと結婚するまでは実家にいればよいのではというタイプだが、その輪の中に違和感なく溶け込める兄や姉と違って、誰にも邪魔されない一人の空間を重んじる凪には、その近さが耐えられなかった。

心地よさを保てる距離感は、人によって、ちがう。好き嫌いの問題ではない。

沙良が、ほっとしたように頬をゆるめる。

「彼も承知していたはずで、二人だけの新居も結婚式までには見つけようという話で進めていました。週末も、一緒に物件を探すはずだったんです。お互いの通勤に便利なエリアでいくつか内見の予定も入れていました。それなのに、急に、彼の実家の近くにいい物件があるとか言いだして」

　だんだん熱のこもっていく口ぶりから、それが、想定していたエリアとは違うこともわかる。

「どうも彼は、父方のおばあさんのことが相当好きだったみたいなんですよね」

「お母さんではなく？」

「お母さんは調理師免許を持っていて、彼が小さいときから働いていたので、育ててくれたのは同居していたおばあさんだったらしいんです。いわゆる嫁姑問題みたいなものもなくて、お母さんの仕事をいつも応援していたし、喧嘩することもなくて、家の中に優しいお母さんが二人いるみたいだったって」

「ああそれで、婚約指輪を引き継ぐ夢も膨らんだんですね」

「そうみたいです。母さんも、ばあちゃんみたいに沙良を支えてくれるから安心していいよ、今も仕事はしてるけど、シフトの融通はきくし、料理だけでなく家事も完璧にできる人だから、って心の底からの善意で言われて私……なんか……」

　沙良は言葉をつまらせ、しばし悩む様子を見せたあと、蓮根のはさみあげを口に運んだ。おいしい、という形に唇が動くのを見て、凪も同じものを皿にとる。

「そういう将来的な話を、最初にすり合わせられるのが、相談所のいいところなのかと思っていました」

　凪の素朴な疑問に、沙良は肯定とも否定ともとれない曖昧なうなずきを見せる。

「おばあさんとお母さんが同居していたことは聞いていました。でも、私が同居したくないことも理解してくれていたんです。あと、お母さんがお父さんと同じくらい働いていたから、家のことを優先してほしいという気持ちもないし、私が働き続けたいなら協力する、って」

裕樹にとっての協力は、実の母を頼りにしてのことだったたし、同居も「今すぐはしなくていい」という条件付きだったというわけか。確かに嘘はついていない。裕樹自身、沙良を騙したつもりは毛頭ないだろう。

「人によっては、とてもいいお話だと思います。でも……」

「他人がどう思うかなんて、関係なくないですか。理解できることと受け入れられることは、また違う話ですし」

あっさり言う凪に、沙良が目をしばたたいた。

しまった、と再び思う。凪は詫びるように、目を伏せた。

「ごめんなさい。私、ときどき物言いがきついって言われるんです。気をつけてはいるつもりなんですけど」

「ううん、ありがとう。はっきり言ってもらえると、すっとします。……そうだよね。関係ないよね」

自分に言い聞かせるように、沙良はつぶやいた。

「どうしてもね、自分が我儘《わがまま》で薄情なんじゃないかって思っちゃうんです。私が最初から料理や家事が上手で、実家の助けがなくてもやっていけると彼が安心できるような人間なら、こんな話にはならなかったかもしれない、って」

「それも関係ないでしょう。料理や家事が完璧なお母さんも、おばあさんと同居していたんだから。よほど彼にとって、実家は居心地のいい場所だったんですね」

「そうみたい。だから、怒ったり拒絶したりするのは彼を否定するようで、気が引けて。なんだかもう、めんどくさくなっちゃいました。それに……言われたんです。指輪をつけ忘れても母さんは怒らなかっただろう？　そそっかしい沙良を母さんは優しくサポートしてくれると思うんだよね、って」

凪は言葉を失った。芙蓉の懸念が頭をよぎり、見透かしたように沙良は口元をゆがめる。

「もし故意に隠されたのだとしたら……新しく指輪をつくるのは無駄っていうか、ごまかしをするような女だと思われるだけでしょう。そんな女と誰が結婚したいと思います？」

「でも……」

「まあ、私も私で、疑っている時点でもうだめかもしれませんけどね」

沙良は肩をすくめた。

「私、三年半ぐらい、ブルーバードには在籍しているんです」

沙良はやや遠い目をして、凪が注ぎ足したビールを呷《あお》った。

「今年で三十一になるんですけど、前の彼氏と別れてから、たぶん百人近くの方とお見合いしたと思います」

「百人⁉」

「疲れてやる気のなかった時期もあるけど、まあ、平均して月に三人くらいは新しい方と会っていたので。アプリとか、友達に連れて行かれた飲み会とか、そういうのも含めたら百五十人近くいるかも。……笑っちゃいますよね。必死でしょう」

モテなかったわけじゃないんですよ、と沙良は冗談めかして笑った。裕樹の前にも、何人か、真剣交際に進んだ相手はいた。けれどいつも、些細なことですれちがい、結婚にまでは至らなかった。

「凪さん、婚活したことありますか？」

「出会いがあるかなと思って飲み会に参加したことはありますけど」

「ふうん。今、おつきあいしている人は？」

「少し前に、別れちゃいました。二年くらいつきあって、結婚の約束もしていたんですけど、相手に他に好きな人ができちゃって……というか浮気されて」

顔色を変えて、謝ろうとする沙良を制するように、凪は苦笑した。

「済んだことです。それに、おかげで芙蓉さんと出会えました」

「前向き……なんですね？」

「落ち込んでないこともないですけど、二度と男なんて信じない、って感じでもないです。ただ、相手は会社の同期だったから、社内恋愛はもう避けたくて。私、友達が少ないというか、社交的な性格ではないので、次はちゃんと婚活したほうがいいのかなあと悩んでいます」

浮気がわかったその日、雨に打たれてうずくまっていたところを、凪は芙蓉に拾われた。

今はまだ、積極的に活動する気にはなれないけれど、結婚相談所との縁ができたのはある意味、幸運だったかもしれないとも思うのだ。けれど沙良は、

「疲れますよ」

ぽつりとつぶやいた。

「いやな人ばかりではないけれど、誰と会ってもノルマをこなすような気持ちにしかなれない時期も続いて、なんのために頑張ってるのかわからなくなって。友達の結婚報告を聞くたびおめでとうより先になんでと思ってしまう自分がいやでいやでたまらなくて、もう私は一生誰からも選ばれないんじゃないか、なんてやさぐれる自分のことがどんどん大嫌いになって、こんなふうに性格がねじまがっているから私はずっと一人きりなんだって、ますますネガティブになって。長引けば長引くほど、気持ちがこじれていくのがわかる……そんな日々が待っているかもしれないのに、安易におすすめする気にはなれないです」

「途中で、やめようと思わなかったんですか」

「思いましたよ、何度も。もう一生一人でもいいやって活動を休んで、でもやっぱり幸せそうな友達を見るとむなしくて諦められなくて、今度こそと戻ってまただめでのくりかえし。それ

が三年。地獄でした」

　だから裕樹に出会えたときは、神さまがくれたご褒美だと思ったという。

　三十歳を過ぎて、聞いていたとおり見合いを申し込まれる数ががくんと減って、焦りを押し殺していたころだ。プロフィール写真の笑顔が素敵だからという理由で申し込んでくれた彼は、はじめて出会ったときから優しく、沙良への好意を隠そうとしなかった。そんな裕樹の率直な人柄に、沙良もどんどん惹かれていった。

「うまくいく相手とは、ひとたび出会ったらトントン拍子に進むものよ、なんて都市伝説だと思っていたんですけど」

　波長があうのか、違和感を覚えることもほとんどなく、三ヶ月も経つ頃には自然に具体的な結婚の話をできるようになっていた。

「でもやっぱり、急ぎすぎたのかな。そんな、うまい話があるわけないですよね。調子に乗ったからばちがあたったのかも」

「そんな……」

「ま、結婚に縁がない人生もありだって、思える程度にはやれることはやりつくしたし、いいんですけど。……もう、六月も終わり。下半期も始まることだし、思いきるにはいいタイミングなのかもしれません」

　さみしげに笑う沙良は、もうすでに、諦めてしまっていた。だからといって再び、ブルーバードで頑張る気力はそう簡単に湧きはしないだろう。それでも、もう無理だ、と思いながら彼女がわずかにあがいているのは、彼への愛情以上に、おそらく、もう二度と婚活をしたくないのにという絶望が心を蝕んでいるからだ。

あの暗闇に舞い戻るくらいなら、多少の不服は飲み込んで今を活かすほうがいいのではないかと悩んでしまう。自分が我儘さえ言わなければ、すべてまるくおさまるのだからと。

――水に流してくれたら、俺はこれまで以上にきみを大事にすると約束するよ。

別れた男の声が、耳の奥で響く。その話を沙良にしようか迷って、凪は言葉を吐き出すかわりにビールを一気に咽喉に流し込んだ。

「お茶、淹れますね」

今の沙良に、適量以上の酒はたぶん、ふさわしくない。飲みすぎて、明日の朝になって二日酔いの頭痛とともに、やるせない思いはしてほしくなかった。

ぽつりぽつりと沙良が自分のことを語るのを静かに聞きながら、ケトルをコンロの火にかける。やがて沸き立った湯がしゅわしゅわと蒸気の音をたてるのが、まるで沙良に対する相槌みたいだと凪は思った。

「あなた、今週の土曜は何しているの？」

芙蓉に聞かれたのはその翌朝、沙良の来訪を報告しているときのことだ。

沙良の個人的な想いは避けて、現状だけを簡潔に報告した凪に、芙蓉はさして興味がなさそうに、あらそう、とだけ答え、アジの開きを口に運んだ。反応の薄さに、機嫌でも悪いのだろうかと様子をうかがう凪をよそに、このアジすごくふっくらしてるわね、と声をはずませたのち、芙蓉は凪の予定を聞いたのだった。

「火急の用事がないなら、午後、うちにお客さんが来るから同席してちょうだい。あなた、お茶を淹れるのがとっても上手でしょう。和菓子にあいそうなもの、用意してほしいの」

「でも私、お抹茶は点《た》てられませんけど」

「そんな気張らなくていいのよ。甘いものと一緒に飲んでも喧嘩しないものなら、なんでも」

「はあ……」

確かに凪の淹れるお茶は、昔から評判がいい。とくに年配の女性には。おそらく子どもの頃から、祖母が気候や体調にあわせてブレンドした薬草茶をふるまっているのを見てきたからだろう。その習慣を引き継いでいるおかげか、凪は基本的に風邪ひとつひかない丈夫な身体で、肌荒れも少ない。

「で、今日の食後のお茶は、なに？」

「どくだみをブレンドしたものにしようかな、と。むくみがとれるので、暑くなってきた今の時期によく飲むんです」

「あらあ、助かる。歳をとると足がむくみやすくて。寝るときに痛くて困っちゃうのよ」

そう言う芙蓉のふくらはぎは、凪のそれより美しくひきしまっている。

「和菓子は、どんなものを？」

「どんなものかしら。六月と七月の狭間にふさわしいものを持ってきてちょうだい、ってお願いしてあるから、当日にならないとわからないわね。さっきも言ったけど、喧嘩しなけりゃいいのよ。つまり、無難なもので。ほら、コーヒーより日本茶をお出ししたほうが、相手の緊張もほぐれるじゃない？」

「そんな、緊張するようなお相手なんですか？」

「まあそうねえ、たぶん。それなりに身構えてはくるんじゃない？」

「……どなたがいらっしゃるんですか」

「会えばわかるわよ。ねえ、お味噌汁のおかわり、ある？　きのうのお酒がまだ残ってるのよねえ。私も歳かしら。やだわあ」

水曜と土曜の芙蓉は帰りが遅く、玄関のセキュリティ音が鳴るのはたいてい二十二時を過ぎたころだ。それなりに飲んで帰ってくることが多いが、アルコールには強い体質らしく顔色ひとつ変わらず、乱れた姿を見たことがない。陽気に笑っているのは素面《しらふ》のときと同じだ。

「楽しそうですね、芙蓉さんは。いつも、自由で」

よけいな詮索はやめて、ただそれだけを言うと、芙蓉は少女のように、にかっと笑った。

「藤原聡子と申します」

と、土曜の昼すぎにやってきた客は名乗った。

それは沙良の婚約者である藤原裕樹の母親――つまりは沙良にとって姑になる人で、さすがの凪も軽く目を見張る程度には驚く。

「申し訳ありませんねえ、お呼びたてして」

芙蓉の家のリビングスペースにあたる五階には、鉄筋のビルのなかとは思えないほど上質なしつらえの和室がある。以前、お茶の先生をしていたときに使っていたそうで、中央に置かれた座卓は、茶会を催すときに片づけられるよう、脚が折りたためるようになっているらしいが、一見したところそうとは思えない重厚感があった。さらに今日の芙蓉は着物姿で、いつにない威厳と貫録を放っている。無関係の凪が縮みあがりそうになっているのに、座布団に腰をおろした聡子は動じないどころか、負けず劣らずの迫力を漂わせていた。特別背が高いわけでもないのに、向かい合うとなぜだかとても、大きく見える。これは、沙良では太刀打ちできないだろうと納得する。

――でもだからといって、なぜ。今日、ここに?

額ににじませた汗をハンカチでぬぐう聡子に、まずは冷たいほうじ茶を出す。和菓子とお茶を出すタイミングは合図する、と言われていたため、そのままキッチンで待機してもよかったのだが、なんとなく気になってその場にとどまってしまう。

何も言われないのをいいことに、凪は芙蓉の隣に腰をおろした。

「私、お電話でも申し上げましたとおり、水野沙良さんの所属する結婚相談所で相談役をつとめております、一条芙蓉と申します。このたびは、裕樹さんとの素敵なご縁をいただき、私どもも、大変喜んでいたんですよ」

過去形だ。

そのことに気づいていないはずもなく、薄い微笑を浮かべる聡子の目は笑っていない。そして、

「ええ。私どもも、息子にようやく良い出会いがあったと、胸をなでおろしていたところなんですけれど」

と、含みのある言い方で返す。

他人の感情の機微に頓着するたちではない凪も、さすがに、のっけから緊張感の漂う会話に、さっさと立ち去ればよかったと悔いる。日本茶をいちばん必要としているのはおそらく凪だが、グラスに手を付けられるような雰囲気ではないし、キッチンに逃げることもできない。

「なにか、ご不満でも？」

芙蓉が返すと、聡子は笑みを崩さないまま続ける。

「それは沙良さんのほうじゃないかしら。せっかくお贈りした当家由来の婚約指輪を、どうやら紛失してしまったようですから」

「紛失？」

「ご存じなのでしょう？　だから今日こうして呼び出されたのではないんですか」

「私が沙良さんから聞いたのは、大切な場に婚約指輪をしていくのを忘れてしまった、ということです。自分のそそっかしさに、藤原家のみなさまがご気分を害されたのではないか、どうしたら名誉挽回できるだろう、と」

「あら、そうでしたか。でも、会食の目的を考えたら、忘れるなんてそんなこと、あります？　財布を忘れてでも、持ってくるでしょう。なくしたか、どこかに売ってしまったか、どちらかだと私は思いましたけど」

「そっ……」

んなことをあの沙良がするはずないではないか。と、思わず声が出かけて、芙蓉に制されるまでもなく凪は口をつぐむ。

――この人、だったのか。

確証を得るために芙蓉は鎌をかけたということだろう。膝の上で小さく拳をにぎる凪をよそに、芙蓉の瞳に先ほどよりも強い光が宿る。

「みみっちい取り繕いはあなたの品を損なうわよ。最初から指輪の入っていない箱を沙良さんに渡したんでしょう？」

芙蓉が単刀直入に切り込んだ。

予想していたのか、聡子は表情を崩さない。

「なんのことでしょう」

「だって状況的にあなたしかいないじゃないの、指輪を隠せるのは」

「沙良さんから聞いていたのは、指輪を忘れた、ということだけでは？」

「だけとは言ってないわよ。それに私は、嘘はついていない。あの子は、紛失したわけじゃありませんからね。持ち帰って箱を開けてみたら中身がなかった、と言っていたの。手品や魔法じゃあるまいし、そんなことが自然に起きるわけがない。最初から入っていなかったと考えるのが妥当。……というか、あなたも、その話で呼ばれたことくらい、わかっていたでしょう？　いいかげん、安い芝居はおやめなさいな。私みたいな老人の時間を、無駄に奪わないでちょうだい」

有無を言わせぬ調子でまくしたてるのはいつもの芙蓉で、どこかほっとしたものを感じながら、凪は聡子の様子をうかがう。

聡子は、動じなかった。

「沙良さんも、同じようにおっしゃっているんですか」

「言わないわよ。あなただって会って一緒に食事したなら、わかるでしょう。そもそも、簡単にあなたを疑って怒りだしたりしない子なのがわかっていたから、この手に出たんじゃなくて？」

沈黙は同意を意味する。聡子は、しれっとした表情で、グラスを口元に運んだ。ほうじ茶がすべてその咽喉元を通り過ぎていくのを見て、凪はこれ幸いと立ち上がる。二杯目の、お茶の出番だ。

「結婚、やめさせたかったのよね」

壁向こうのキッチンに立っても、芙蓉の声はよく通った。湯を沸かしながら、凪は耳を傾ける。

「他にやりようもあったでしょうに。そんなに気に食わなかった？」

「……そうね」

聡子は、静かに息をついた。

「なんていうか、ぱっとしないんですよね。冴えないというか。容姿もお仕事もすべてにおいて十人並み。そのくせ、趣味は温泉に行くことだなんて、お金のかかることを堂々と……。一人で行くこともあるって言うじゃないですか。女が一人で温泉ですよ？　わけありとしか思われないわよ。恥ずかしくないのかしら」

ただの難癖じゃないか、と凪の眉間は自然と、寄る。

今や女の一人旅なんて、温泉も含め、宿側がプランとして提供するくらいだ。時代遅れの価値観で沙良を否定しないでほしい、と珍しく強い憤りが湧いたのは、やはり、酒をくみかわしたことで情が移ってしまったからだろう。

「それにきわめつきは、やっぱり婚約指輪ですね。息子があの子に見せた瞬間、いやな顔をしたのを私は見逃しませんでしたよ。どうせ、高いブランド品をねだろうと思っていたんでしょう。だから、お望みどおり、お渡しするのはやめることにしたんです。お互い、そのほうが気持ちいいじゃないですか。私だって、大切な指輪をそんな人のために手放したくはありませんからね」

「じゃ、認めるのね。あなたが指輪を持っているってこと」

「認めますよ。どうぞ、あの子にも真実をお伝えください。それで結婚をやめる気になってくれたら、私としても万々歳です」

「でも、今あなたが話したことに、ほとんど真実なんてないんじゃない？　最後の一言、結婚をやめる気になってほしい、っていうのは本音なんだろうけど」

「……は」

驚きが漏れたのは、聡子ではなく凪の口からだった。

ほとんど吐息に近いそれを耳にとらえたのか、芙蓉が瞬時に鋭い声を飛ばす。

「凪さん、何をしているの。お茶を用意してちょうだい」

「は、はい！」

キッチンに用意された急須の隣には、和菓子が入っているとおぼしき白い紙箱がある。一緒に持ってこいということだろう、と了解して蓋を開け、今度は感嘆の息が漏れた。

「真実じゃない、とはどういうことでしょうか」

　聡子のかたくこわばった声が響く。

「こうして恥を忍んで、自分の悪行を認めたというのに、ずいぶんなおっしゃりようじゃないですか」

「悪行、ねえ。本当に息子のためを思っているなら、そんな言葉は使わないでしょう。あなた、沙良さんを悪者にしたことを、本当は心苦しく思っているのよね。そりゃそうよねえ。だって、結婚をやめさせたいのは、他でもない沙良さんのためなんだもの」

「ええっ？」

　今度は、完全に、音が出た。

　お盆を持って立ち尽くす凪を、芙蓉は座ったまま睨《ね》めあげる。

「はしたないわよ、凪さん」

「すみません……でも、あの、どういうことですか……」

　芙蓉の言ったことが完全な的外れでないことは、今日いちばん表情をこわばらせている聡子の様子を見ればわかった。リラックス効果のあるヨモギにして正解だったな、とお茶を二人の前に配膳しながら思う。その横に、和菓子を載せた皿を置くと、聡子の口元がわずかにゆるむ。

　紫と桃色のグラデーションで彩られた練り切り。

「菖蒲《あやめ》を模しているのよ」

芙蓉が言った。

「菖蒲華《あやめはなさく》。……七十二候、ってご存じかしら。一年を七十二に区切って季節のうつろいを示すものなんだけど、六月の終わりを示すのが菖蒲華なの。文字どおり、花菖蒲《はなしょうぶ》が咲くころ、というだけの意味なんだけどね。懇意にしている和菓子職人の子がよく季節の言葉をモチーフにした作品をつくって持ってきてくれるの。さ、めしあがって」

「でも……」

「あなたが食べなくても、私は食べるわよ。お茶もこの子がせっかく淹れてくれたんだから、どうぞ。いろんな意味で体が冷えたでしょう。……やだ、凪さん。どうして自分のは持ってこないの。あなたも一緒に食べなさいな」

「え、いいんですか」

「あたりまえでしょう。あなたに給仕だけさせて食べさせないなんて、そんな、女中みたいなことはさせないわよ」

女中とは言わずとも、最近はわりと好きに使われているような気がするのだが、と思いながら、ありがたく従うことにする。自分の分を持ってきてさっそく一口ふくむと、しっとりと甘く、咽喉を滑り落ちていくような軽さがあった。それでいて、腹にはしっかりと、落ちる。手のひらにのるくらいの小ささなのに、そして口にふくんだのは黒文字で切ったほんの一口なのに、濃厚ゆえに満足感が高い。

「おいしい……」

思わずつぶやいた凪に、ためらっていた聡子も黒文字に手をのばした。

芙蓉の講釈は続く。

「菖蒲《あやめ》を見ると、私、カキツバタを思い出すのよ。紫の花に、燕の子が飛んでいく姿を重ねて、燕子花《かきつばた》と書くんだけれどね、菖蒲と見た目がよく似ているの」

「でも燕って、紫じゃないですよね。確か、羽は黒くて、おなかが白かったような」

学生時代、校舎の片隅につくられた巣で、ぴいぴいと鳴いていた姿を思い出す。

「燕の子の姿じゃないの。飛んでいく姿よ。真っ青な空に、黒い翼が重なって紫に似た色になる……そんな話をしたことを覚えていてくれた職人の子が、この和菓子をつくってくれたのよ。……何が言いたいかっていうと、つまり、巣立ちの季節でもあるということ」

聡子が、はっと顔をあげたのを見て、芙蓉はいたずらっぽく微笑んだ。

「言っておきますけど、あなたに説教するために用意したんじゃないですからね。でもまあ……あなたの心に引っかかるものがあるなら、聞いてあげてもいいけれど」

「私は……」

「あなたは沙良さんにいじわるをしたかったんじゃない。むしろ、守りたかったのでしょう」

どういうこと、と凪が問う暇もなく、聡子は静かにうなずいた。

黒文字を置き、和菓子を半分残したまま、ヨモギ茶を口にする。その一口が、彼女の全身の力を抜いてくれるのが、見ているだけでわかって、凪もなぜだかほっとする。

「……ぞっと、しちゃったんですよ。あの子が、婚約指輪を引き継ぎたいと言ったとき」

先ほどまでとは違う、ややくだけた口調で聡子は言った。

「沙良さんはそれを望んでいるのか、と聞いても、大丈夫としか言わない。アクセサリーに強いこだわりはないみたいだし、そもそも婚約指輪もいらないと言っていたくらいだからって、本人に確認した様子がまったくない。あげく、結婚するなら部屋を片づけて空けていきなさいよと言ったら、なんて返したと思います？」

「そうねえ。いずれ同居するんだから別にいいじゃん、とかかしら」

「どうしておわかりになったんです？　……もしかしてあの子、沙良さんにそんな話をしたのかしら。ああもう、いやだ。ほんっと、しょうもないところばっかり父親に似るんだから！」

聡子は勢いこんだ。

「悪い子じゃないんですよ。夫だって、悪い人じゃない。むしろ人はいいほうだと思います。ただ、とことん気が利かないし、思い込みが激しいというか、自分がいいと思うものはみんながいいと思うに違いないって頭から信じ込んでいる。遺伝なのかしら。亡くなった姑も、そういう人でしたから」

「あなたのお姑さん、気のいい、できた人だったみたいね。お舅さんが生きていたときから、家族五人ぶんの世話をして、土日も仕事が入ることのあるあなたのかわりに、孫である裕樹さんの面倒も、母親と変わらないくらい献身的にみていたとか」

芙蓉の言葉に、聡子は表情を消して押し黙った。芙蓉は気にした様子もなく、続ける。

「理解のあるお姑さんで羨ましがられたでしょう。ちょっとでも文句を言ったら、あなたが我儘な嫁扱いされてしまうくらいに」

「……誰かから、聞いたんですか」

「仲人っていうのはね、顔が広いものなのよ」

芙蓉はお茶をすすった。

「まあ、みなさん、あなたのお姑さんをよく褒めていたわ。とくに、あなたの結婚で仲人をした蕎麦屋のご主人なんかはね。でもその奥さんは、ご主人が席をたった隙に、こんなふうにも言っていた。子どものいちばんかわいい盛りを、姑に奪われているようにも見えてかわいそうだった、って」

聡子の表情に、色はない。

沈黙が流れた。その間、聡子の視線は、和菓子一点に注がれていた。

やがて聡子は、黒文字を手にとり、上品に一口を運ぶ。甘さがこわばった心を溶かしたのか、わずかに表情が戻ってくる。

「理解のある職場だったので、産休育休は、フルで三年間、とるつもりだったんですよ」

「おつとめは、イタリアンのレストランだったかしら」

「ええ。あの子を産むころには、いずれ独立して店をもつという夢は諦めていたけれど、尊敬するシェフのもとで働けて、満足していました。やりがいも、あった。だから同居の姑が助けてくれることは、本当にありがたかったんです。でも」

せめて休める三年の間は、息子にしっかり向き合いたかった。それが許される働き方を選んでいたのだから。そう、絞り出すように、聡子は言う。

「でも姑は、無理しなくていいのよ、あなたは夢を追いかけなさいと、そればっかりで。母親になったからって、自分の人生を諦める必要はない。これからはそういう時代なんだからと、笑顔でくりかえす姑に、夫もそれがいい、それがいい、と鷹揚にうなずいていました。理解のある姑と夫。本当に……文句なんて言ったら、ばちがあたる」

けれど言葉に反して、聡子の声はこわばっていく。

「授業参観も、運動会も、わざわざ仕事を休む必要はないと言われました。私が休みたいのだと言い張って、なんとか参加することはできても、お弁当はつくらせてもらえなかった。……料理は、私にできるいちばん得意なことで、息子に、私という人間を知ってもらえる、いちばんの方法だったのに」

うるんだ瞳をかわかすように、精一杯目を見開く聡子を、芙蓉も凪もただ黙って見守った。

「どうにか、うまいやりかたを見つけて、お弁当の一部をつくったり、ふだんの食事も用意させてもらえるようにはなりました。……お母さんの料理はどれもとってもおしゃれね、よそゆきのごはんが家でも食べられるなんて裕樹は幸せだね、なんて言いながら、自分がつくった煮物なんかを、裕樹はこういうのも好きだよねえ、なんて言って食べさせていましたけど。肉じゃがをつくったって、しゃれてるねえ、って茶化すんですよ。……いえ、本心、だったのかもしれませんけど。裕樹に対しても、私のことを悪く吹き込むことは一切なかったですし。むしろ、働くお母さんはかっこいいねえ、と言い聞かせてくれていたおかげで、裕樹は今でも私を尊敬してくれています。それも……ありがたい、んですけれど」

「善意で反論を封殺されるのは、たまらなくストレスよね。まわりに対してだけでなく、自分の心のうちですら、愚痴を言うのに気がひけてしまうもの」

聡子は、弱々しく微笑んだ。

「おばあちゃん子で、自分の生まれ育った環境は、働く女性にとっても理想的なのだと信じているあの子が、沙良さんに同じことを求める気持ちは、よくわかるんです。でも……沙良さんにしっかりと確認をとらず、最初から私の手助けありきで、今後の生活を思い描いているあの子が、結婚する前の夫とあまりにうりふたつで、心底いやになってしまいました。がっかり、もしたんだと思います。私がどんな思いで姑と同居してきたか、あの子には本当に見えていなかったのだな、と。夫への期待はとうに消え失せていましたけれど、息子はもう少しわかってくれているはずだと、心のどこかで都合のいい夢を見ていたんでしょうね」

「それで、指輪を隠したというわけ。沙良さんとの結婚をやめさせるために」

芙蓉の声に、同情の色はなかった。むしろ、鋭くとがっているのを感じとったのか、聡子はバツが悪そうに視線をそらす。

「あの子が婚約指輪をさしだしたとき、沙良さんが喜んでいるようには見えなかった。あのときの私と同じだ、と思ったら、止めないといけないと、そればっかりで……」

気づいたら箱を包む前に指輪をこっそり抜いていた、という。それに、と聡子は続けた。

「奪われた子育てをとりもどそうとして、今度は私自身が沙良さんから子どもを奪うんじゃないかと、想像したら怖かった。……絶対にやらない、と言い切れる自信がなかったんです」

「賢明な判断、とは言い難いですけどね」

「……そう思います」

聡子は、ハンドバッグからハンカチでくるんだものをとりだし、芙蓉の前に置いた。開いた中から出てきたのは、真っ赤な石が台座に据えられた、指輪だった。

座布団をおりて、うしろにさがり、聡子は両手をついて頭をさげる。

「本当に、申し訳ありませんでした」

それでも背筋のぴんと伸びた聡子の姿は美しく、最初に会ったときと変わらない、芙蓉にも負けない迫力と威厳があると、凪は思った。

「さて、聞いていたわね、沙良さん」

聡子を見送ったあと、座敷に戻ってきた芙蓉は言った。

いったいどこに沙良が、と目をしばたたく凪をよそに、座敷の奥にある上階に続く内階段から、とんとんと足音がして沙良が降りてくる。

「スマホをスピーカーにしてつなげておいたの」

芙蓉はしてやったりというように、笑った。

「どうなることかと思ったけど、素直に話してくれてよかったわよ。はい、沙良さん。指輪、なくさないように持って帰りなさいね」

「……ありがとうございます」

安堵まじりながらも、沙良は複雑そうな表情を浮かべた。無理もない。凪が沙良の立場なら、聡子の話をどう受け止めて、どのような対応をとればいいのか、わからない。

「指輪を預けていったということは、沙良さんにすべてを話してもいいということ。結婚を白紙にするも、裕樹さんにすべてを打ち明けるも、あなたに任されてるってことでもあるわね」

「……お義母さんは、私のことを想って行動してくれた、ということなんでしょうか。悪気はなかったと」

思いつめた声を漏らす沙良に、芙蓉が何かを言うより先に、凪は思わず口を挟んでいた。

「そんなの、関係なくないですか」

はっと沙良が顔をあげる。

しまった、またやってしまった、と口をつぐみかけたけれど、黙るわけにもいかない。凪は続けた。

「悪気があろうがなかろうが、沙良さんが非のないことで責められて、追い詰められたのは事実です。あの人の気持ちもわからないではないけど、でも、やり方は絶対に間違ってた。沙良さんに濡れ衣を着せるようなやり方がよかったとは、私にはとても言えません」

凪は、苛立《いらだ》っていた。

他人のことに、こんなにも一生懸命になる自分が新鮮で、驚いてもいたけれど、でもどうしても抑えられなかった。

――水に流してくれたら。

そう言った男の声が、再びよみがえる。間違いをおかしたのは自分なのに、傷つけたのはそっちなのに、どうして許さないこちらが悪いような言い方をするのか、傷つけられた側に理解を求めようとするのか、凪にはちっともわからないのだ。

私怨だ、と気づいて軽く息を整える。

浮気を正当化しようとした男への怒りを、勝手に投影しているだけだ。それでも、最後にこれだけは言いたいと沙良にまっすぐ向き合う。

「相手の立場を慮《おもんぱか》ろうとする沙良さんは素敵です。相手をできるだけ否定したくないのは、優しいからだと思います。でも、じゃあ、誰が沙良さんの立場に立って、慮ってくれるんですか。蔑ろにされて傷ついた自分の気持ちを、なかったことにしないでください。沙良さんは、沙良さんの味方でいてください」

そうね、と静かに芙蓉もうなずいた。

「悪気があったかどうか、それが善意だったかどうかを、判断の基準にするのもよしといたほうがいいわね。それでいうと、彼女のお姑さん……裕樹さんのおばあさんも、まったく悪気なく応援していただけかもしれないいんだから」

沙良の瞳の、奥が揺れる。

「結婚を止めるにしたって、他にいくらでもやりようはあった。凪さんの言うとおりよ。いくら、お姑さんとの同居生活で、笑ってやりすごすことがクセになっていたのだとしても、自分と同じ目に遭わせたくないなら、ちゃんとそれをあなたに伝えるべきだった。あなた、言ってたじゃない。トイレで、彼女から恫喝《どうかつ》めいたことをされたって」

「恫喝ってほどでは……」

「でも、ただの善意からなら、どう考えたって余計よね。これは私の邪推だけど、息子に非のある形で破談にしたくなかったっていうのも、偽らざる本音じゃないかしら。いくらがっかりしたと言っても、息子は息子。あなたは他人。いざとなったとき、彼女が守ろうとするのはどっちなのか、結婚するにしろお断りをするにしろ、心に留めておいたほうがいいかもね」

沙良の瞳が、さらに揺れる。

そうですよね、と消え入りそうな声でつぶやいた彼女の肩に、芙蓉は手を置いた。

「とはいえ、彼女は悪人じゃない。一人の女性としてあなたを案じる気持ちも、きっと嘘じゃない。もし今後、おつきあいを続けるつもりなら、そのことも無視しないほうがいいと私は思う。相手を敵とさだめるのは簡単だけど、それがかえって揉め事を増やすこともあるわ。味方だと信頼しすぎるのと、同様にね」

「……はい」

「さあて、凪さん、沙良さんのぶんも和菓子とお茶を出してちょうだい。私にはね、冷蔵庫に水羊羹《みずようかん》が入っているから、それを切って。同じ子が……あ、凪さんは会ったことがあったわね。繕ちゃんがつくってくれたんだけど、これがまあ、飲み物かと思うくらいつるんとしていて、絶品なのよ。本当は、誰にもわけてあげたくないんだけど、凪さんも助手としてはいい働きをしてくれたから、特別にお相伴させてあげる。夏のあいだしか食べられないとっておきだから、しっかり味わいなさいね」

「……はあい」

「あら、なんだか不服そうな声ね。助手がいや？　秘書のほうがいい？」

どんな肩書をつけられようと、命じられる内容はきっと変わらない。凪は肩をすくめた。

「助手でいいですよ。お茶、芙蓉さんのぶんも淹れなおしますね」

よそゆきモードを消して、すっかりいつもどおりの芙蓉に苦笑しながら、凪はキッチンに引っ込む。

声に不服が出たとしたら、けっきょくすべて芙蓉の手のひらのうえで転がされていたことに気づいたからだ。なんの役にも立てなかった、そのことに悔しさを覚えている自分が、凪は意外だった。

それに、と去り際の聡子に芙蓉がかけた言葉を思い出す。ごめんなさいね、裏で探るようなまねをして、と玄関で靴をはく聡子に詫びた芙蓉は、続けてこう言ったのだ。あなたのいちばんの不幸は、相談できる相手が誰もいなかったことだと思うのよ、と。

「一人でも、あなたの愚痴に共感してくれる人がいれば、沙良さんのためにも、もっと別の行動ができたかもしれない。でもねえ、私たちの時代はとくに、家のなかのことは家のなかだけで解決しなくちゃいけないって意識が強いから。嫁の立場で、身内をけなすようなことを、おっぴらに言えたはずがないわよね。いくら親しい友人相手でも」

聡子は、黙って芙蓉の言葉を聞いていた。唇を、小さく嚙みしめながら。

「本来は、そういうときのために仲人はいるべきなんだと思うの。家族でもない、友達でもない、しがらみから離れた場所で夫婦それぞれの幸せを公正な立場から願うことができる存在であるべきだと。そして、夫婦がそれぞれ相手を軽んじることなく、虐げることなく、すこやかに過ごすことのできる監視役として機能するのがベストなんじゃないかしらね」

芙蓉は、軽やかに笑った。

「私は沙良さん側の仲人だけど、沙良さんの幸せが続くためなら、あなたの話だってちゃんと聞くわよ。ためこまずに、誰かに相談することをまずは覚えなさい。あなたが私にどれだけ愚痴を吐いたって、それがあなたの立場を揺るがすようなことには絶対、ならないから」

聡子は、深々と頭をさげた。

睫毛がふるえ、涙で光っているのが見えたが、それでもやっぱり終始、彼女は毅然としていた。

どんな事情があろうと聡子のしたことはひどい、と凪は思う。けれど芙蓉の言葉を聞いていると、自分の小ささを見せつけられるようで、やっぱりちょっと、悔しくなるのだ。

「ちょっと、何してるの、凪さん。ぼうっとして」

芙蓉に声をかけられ、ケトルの蓋が浮くくらい沸騰していることに気づく。これではおいしいお茶を淹れられない、と慌てて火を止める凪に、芙蓉は何もかも見透かしたように、にいと口の端をあげた。

「その気があるなら、あなたの面倒も見てあげるわよ。過去の男の愚痴でも婚活の条件でも、特別にただで聞いたげる。あなた、けっこう一人で抱えこむたちだからね」

芙蓉がそう言うのはきっと、あの日凪がうずくまっていた理由を今日までほとんど語ってこなかったからだろう。濡れた凪をこの家に連れ帰った芙蓉もまた、何も聞いてはこなかった。ただ、婚約者に浮気されちゃって、とぽつりつぶやいた凪に、まあ、とだけ声を漏らした。一緒に住むはずだった新居に女を連れこんでいたんです、と続けると、あらまあ、と声のトーンをあげた。そして言ったのだ。うちの下、ちょうど今、空き家なのよねと。

「芙蓉さん、私……」

あの日のことを思い出したら、つい口からこぼれでた。

「人を好きになるってどういうことなのか、わからないんです」

虚を突かれたように目を瞬かせたあと、芙蓉は悠然と笑った。

「あらそう。でも好きになることと運命の相手に出会うことは、たぶん違うわよ」

どういうことですか、と聞き返そうとしたときにはもう、芙蓉は身をひるがえして沙良のもとに戻っていた。

その背中を見つめて思う。

もしかしたらこの人と出会えたのは、凪の人生においてもっとも幸運なことだったのかもしれないと。

# 第二話

「セックスしたくないんです」

土曜の朝九時、一階の睡蓮で向き合って憚《はばか》りなく言った女性に「まあそういう人もいるわよね」とあっさり返した芙蓉はさすがだと凪は内心、拍手する。どぎまぎしているのは凪だけで、迷子になったような気分で、心を落ち着かせるためアイスコーヒーを一口ふくむ。

朝比奈希美《のぞみ》、と女性は名乗った。ブルーバードではない結婚相談所で婚活中の二十八歳。仕事は、保険会社の営業事務。給料は、高いとはいえないが安定しており、よくも悪くも古き良き日本の会社で、よほどのアクシデントが起きない限り、定年まで勤めあげられる。外見も、ファッション誌で読者モデルをしていると言われたら納得する程度に華やかで人目を惹く。基本的には共働き希望だが、結婚相手の状況にあわせて転職や時短勤務、望まれれば専業主婦も辞さないといい、結婚相談所の仕組みを覚えたばかりの凪でさえわかるほど、好条件を提示している。引く手あまたかと思われたが、これまで三度も、婚約段階に進んだところで破談になっているという。

理由は毎回、同じ。

セックスをしたくない、という彼女の希望に、男性側が難色を示したから。

「気持ちいいと思ったことがほとんどないし、面倒くさいし、目的もなくセックスするのは避けたいんです。子どもは欲しいから、そのためならまあしょうがないかなって思うんですけど、できれば体外受精とか、別の方法を選べないかなって。それが、男性にはなかなか受け入れがたいみたいで」

「そういう話、真剣交際に入る前にしてないの？」

「してますよ。ていうか、仲人さんにも性欲の薄い方がいいって伝えていますし、仮交際以上の方にもお伝えしていただくようお願いしています。でも毎回、男性側から、そこまで拒絶されると思わなかった、って言われちゃうんです。僕のこと、好きじゃないの？　って。少なくとも、結婚してもいいと思うほどには好意があるのに、セックスしたくないってだけで信じてもらえない。なんなら罵倒すらされるんです。ほんと、意味わかんない」

希美はふくれつらで両腕を組み、隣に座る男にちらりと目をやった。

「繕兄に愚痴ったら、相談所を変えたほうがいいんじゃないの、って。ブルーバードならもっと親身になってくれるはずだから、一度芙蓉さんに話を聞いてもらったら、ってすすめられて」

「すみません。休みの日の、朝早くから」

神妙に頭を下げるのは、繕である。この店にも品をおろしている、フリーの和菓子職人だ。希美は繕の父方の従妹で、彼の紹介で睡蓮にやってきたのだった。

「凪さんも、すみません」

いちおう凪にも会釈してくれるが、芙蓉に対するそれと比べて明らかに軽く、凪を見る目は笑っていない。以前紹介されたときに感じたことは勘違いではなさそうだ、と凪は思った。どうやら繕は、凪に対していい印象を抱いていない。

「したいとか、したくないとか。考えたこともなかったわ」

芙蓉が唸《うな》って、凪は意識を引き戻した。

「私の場合はいつのまにか相手が決まっていたし、触れられるのがいやってほどでもなかったし、結婚したらそういうもんだろうって。拒絶するなんてことも、考えたことがなかったわね」

「でも、したくないときもありますよね？」

希美が身を乗り出す。

「そりゃあ、まあ……」

思いがけず個人的な事情に立ち入ることとなり、凪はもとより繕が気まずそうに目を伏せる。

「言われてみれば、無理強いすることがなかったのは、うちの人のいいところだったかもしれない」

「あたりまえですよ、そんなの」

「あたりまえだったのかしら……。幸い、うちはすんなり息子ができて、営みが少なくなったというのもあるけれど、義理の両親は後継ぎがどうのとうるさいタイプだったし、もし子どもができなかったらどうなっていたかわからない。そう考えると、いい時代になったものだわ。女性がしたいか、したくないか、最初から表明して結婚相手を探せるようになったんだから」

「見つかりませんけどね、なかなか相手が」

希美は、緊張がほどけるような息を吐いて、椅子に沈み込んだ。

「よかった。我儘、って言われるかと思いました」

「言われたの？　今の相談所で」

「担当の仲人さん、親身にはなってくれるんですけど、少しは譲歩しないと、って。男性の、そういう欲求を全否定している限り、なかなか相手は見つからないとも言われました。べつに、全否定しているわけじゃないんだけどなあ」

「じゃあたとえば、お相手が外でそういうことを済ませてくるのは、許容できるんですか？」

凪が口を挟むと、希美はそこでようやく存在に気づいたというように、ああ、と声を漏らした。だが希美が答えるより先に、たまりかねたように繕が席を立つ。

「すみません、込み入った話になりそうなので、僕は外します」

「ごめん繕兄、朝からつきあってもらったのに」

「いいよ、納品のついでだったし。じゃあ、芙蓉さん。僕はこれで。また何かあったら呼んでください」

そう言って、そそくさと繕は退散した。

「……ひょっとして、かなりのセクハラでしたかね」

凪の言葉に、希美が笑う。

「大丈夫でしょ。私とはそういう話も、けっこう赤裸々にしてますから」

「珍しいですね、いとこ同士で」

きょうだいはおろか、なかなか友達にもしにくい話題だろうに。

希美は、肩をすくめた。

「繕兄とは同志みたいなものっていうか。隙あらば親同士が私たちをくっつけようとしてくるんですよ。繕兄に跡を継がせて、それを私が陰日向なく支える。そうやって、家業を同族内で守りたいんです」

「繕ちゃんの実家は、老舗の和菓子屋さんなのよ。希美さんのおうちも、事業に関わっているのよね」

古くさいでしょう、と希美は苦笑する。

「でも繕兄は経営に興味がないし、家の存続にはもっと興味がない。和菓子をつくっていられればそれだけでじゅうぶん、幸せ。型にはめられるのもきらいだから、自由に一人でやっていたい。だからお店で修業はしたけど、今はどこにも属さず一人でやってて……食べたことあります？　繕兄の和菓子」

「はい、少しですけど」

「じゃあわかるかな。和菓子職人っていうか、和菓子アーティストって感じなの。作家さんに頼まれて作品のイメージにあう和菓子をつくったり、小さな茶席イベントでテーマにあう和菓子をつくったり……そういうのって、大きなお店にいたら自由にやれないでしょう。幸い、店は繕兄のお姉さんが継ぐって言ってくれているんだけど、あれだけ和菓子を愛する人がもったいない、って親たちは諦めが悪くて」

なるほど、と凪はうなずく。

「私は私で、あんまり親とそりがあわなくて、干渉されたくないんですよね。お互いに、そっちがはやく結婚してくれたら話は終わるのにと言いあって、どうしてうまくいかないかの話をしているうちに、まあ、そういう赤裸々なところまで話すに至ったという」

「そもそも繕ちゃんは結婚願望自体がないでしょう。希美さんは、結婚したいの？」

「したいですね。ずっと一人はさみしいし、正直、一馬力で一生を終えるには、私の給料はかなり心もとないんです。積極的に子どもが欲しいってわけじゃないけど、産まないで後悔しない自信もない。だから、子どもをつくるためのセックスなら、するのもやぶさかじゃありません。さっきの質問に答えれば、外で済ませるのは病気の危険性があって怖いから、できればやめてほしい。どうしても我慢できないっていうなら、私としてもいいけど……」

できるだけ、したくない。

子どもをつくるための行為も、可能であれば別の手段を用いたい。

堂々巡りなのであった。

「そうこうしているうちに三十歳も目前で、結婚相談所では二十代と三十代でかなり申し込みの数が変わるって言うじゃないですか。焦っちゃって」

それで、繕に相談したというわけである。

芙蓉はしばし考え込むように唸ったあと、うなずいた。

「わかった。うちの仲人に相談してみる」

「ほんとですか？」

「絶対に相手を見つけてあげる、とは言えないけれど、同じことを考えている男性もいるはず。あなたのような女性も、きっと他にいるでしょう。数は多くないかもしれないし、けわしい道のりかもしれないけれど、そういうニーズに応える体制を整えるのは、私たちにとっても悪いことじゃないはずだから」

よかった、と泣きだしそうに希美が表情を崩した。

「一度だけ、友達に相談してみたことがあるんです。でもなんか……自慢に思われちゃったみたいで」

「自慢？」

「友達は結婚して二年くらいだったんですけど、一緒に暮らし始めたら急にそういうことがなくなったらしくて。求めてもらえるだけいいじゃない、って泣かれて気まずくなって、そのまま」

ふむ、と芙蓉はふたたび唸った。今日は、唸ることが多い。

「考えてみれば、セックスレスで悩む夫婦の話は、老いも若きもよく聞くわね。ということは、希美さんのように最初からそれほど乗り気じゃない人も、やっぱり、それなりの数いるんじゃないかしら」

一瞬悩んだあと、凪は意を決して希美を見つめた。

「少なくとも、私も希美さんと似たタイプだと思います」

隣の芙蓉が、凪を向くのがわかる。横目で、大丈夫です、とだけ視線で伝える。

「あんまり、そういうことをしたいと思えなくて。希美さんほど強い〝したくない〟という気持ちもないですけど、べたべたするのは好きじゃないから、淡白すぎて愛情を感じられないのがつらかった、って婚約者だった人に言われました」

「だった」

「そういうことが嫌いじゃない女性と、浮気されて婚約は破棄したので」

一度だけ話し合いの機会をもったとき、元婚約者は言っていた。「彼女が甘えてくれるのが嬉しくて、つい誘いに乗ってしまった」と。甘えという言葉に、凪があまり得意ではなかったスキンシップも含まれているのだろうことは容易に想像がついた。それまでに何度も、甘えてほしい、くっついたりしたい、と訴えられていたから。

訴えを無視しているつもりはなかった。凪なりに、努力はしていた。けれど、元来そういう欲求が薄い人間と、そうではない人間とでは、適量と考える度合いが違いすぎたのだろう。

「つらいですよね。それをしない、というだけで、愛情を疑われるのは」

ぽとり、とテーブルに雫が落ちる。

希美が、真っ赤になった目を、マスカラが落ちないように気をつけながら、ハンカチで拭う。こんなときでもちゃんと、美しくあろうとしている希美が、唇を引き結んで何かに耐えている彼女が、凪には好ましく映った。

だからこそ、信じたかった。ありのままの彼女を愛おしいと思ってくれる人が、どこかにきっといるはずだと。


凪が元婚約者——渋谷《しぶや》稜平《りょうへい》に遭遇したのは、その翌週のことだった。遭遇、というよりは、待ち伏せされていたというほうが正しい。仕事終わり、今にも雨が降りだしそうで駅までの道を急ごうとしたところ、唐突に背後から声をかけられた。

「な……結木さん」

おもねるような笑みを浮かべる稜平の姿に、凪の表情はかたまる。

「久しぶり。ちょっといい？」

「よくないです」

反射的に踵《きびす》をかえし、凪は早足で歩きだした。えっ、と間の抜けた声をあげる稜平をふりきるように、地下鉄の駅へと向かう。ところが電車に乗り込み、ドアがしまって安堵したのもつかの間、隣の車両から稜平が息を切らせて近づいてきた。

「ちょっと待ってよ。話があるんだ」

「私にはありません」

「彼女のことなんだけど」

「だったらなおさら、関係ないですよね」

「でも、彼女はきみの後輩でもあるだろう？」

だからなんだ、と思う。

けれどこれ以上言い合えば、いくら声を潜めていたって、目立ってしまう。実際、凪たちの前に座っている若い男が、興味本位で耳をそばだてていることには気づいていた。こんなことなら、会社近くのカフェにでも入ればよかった。ああ、でもそれだと同僚に見られるおそれがある。同期の二人がしゃべっていても勘ぐる人はいないだろうが、彼女に見られたら厄介だ。

だんだん、腹が立ってきた。どうして凪が、いまさら、この男に煩わされなくてはならないのか。台風が近づいているのも、ひどい湿気で肌がべたついてシャツが張りつくのも、不快なことは全部稜平のせいのような気がしてしまう。

二駅が過ぎた。しかたなく、凪は次の駅——自宅の最寄りよりひとつ手前で降りることにする。確か、駅前にチェーンのカフェがいくつかあったはずだ。さっさと話とやらを終わらせて、睡蓮で和菓子を食べよう。いや今日はもうパフェでもいいかもしれない。むしゃくしゃした気持ちをこらえて改札に向かう凪のうしろを、誘ってもいないのに稜平はついてくる。

地上に出て、目についたカフェに入ると、凪は両隣のあいている二人掛けの席に座った。あたりまえのように凪の向かいに腰かけようとする稜平に「あなたはこっち」と隣の席を示す。

「私は、アイスラテを一杯だけ飲んで帰ります。そのあいだ、隣であなたが何を話そうと自由。私は聞くかもしれないし、聞かないかもしれない。それも自由」

冷たく言うと、稜平はあからさまにげんなりした顔をしてみせた。言いたいことはわかっている。めんどくさいことを言うなよ、だ。

聞く道理は、凪にない。

注文をとりにきた女性に、凪は宣言どおりアイスラテを頼んだ。しぶしぶ、稜平は凪の右隣に座る。

「僕も、同じの。伝票は一緒で」

「いえ、別にしてください」

「いいよ。ここは俺が」

「別にしてください」

譲らない凪に、女性が戸惑ったのは一瞬だった。「別々でお会計いたしますね」とにっこり微笑み、去っていく。できる人だ、と凪も微笑む。これからも、ときどきは立ち寄ってもいいかもしれない。稜平だけが、辟易《へきえき》した表情を浮かべている。

「あいかわらず、マイペースだね」

どっちが、と言いたくなるのを凪はこらえた。

いつもそうだ。稜平の都合に凪があわせないと、やれやれしょうがないなあというように肩をすくめて「マイペースだね」と言う。ペースを譲らず巻き込みたいのは自分ではないか。

凪におしゃべりをする気はない、とようやく悟り、稜平はしぶしぶ切り出した。

「結婚、しようと思って。今、一緒に住んでる」

「そう。おめでとう」

「きみは本当に、クールだな。まあ、しょせん、俺がその程度の存在だったたってことなんだろうけど」

水でもかけてやろうか、と思う。それが結婚寸前に浮気した男の言い草だろうか。芙蓉がこの場にいたら、なんと言うだろう。あなた、ずいぶんと男を見る目がなかったのねえ、と笑ってくれるだろうか。

思い出す。あの日は土曜日で、稜平は、週末返上でしあげなきゃいけない企画書があると言っていた。凪も、荷造りが残っていた。二人で暮らすはずの新居に稜平はすでに移っていたが、凪の引っ越しにはマンションの契約が切れる二週間後まで猶予があった。どうせこれからはずっと一緒なんだし、なんて考えた凪は、珍しく心が浮き立っていたのだろう。いよいよ結婚するのだ、新生活が始まるのだと未来を想像すると、期待に胸が膨らんだ。

ところが夕方になって、メッセージが届いた。

〈仕事がはやく終わったから、やっぱり夕飯一緒にどう？　会いたい〉

相手はもちろん稜平で、いつもなら急な予定変更を厭《いと》う凪は、しかたないな、とあっさり腰をあげた。荷造りもなんとかなりそうだったし、やっぱり、珍しく浮かれていたのだろう。

そうして、のこのこと新居に出向いた凪は、稜平のために夕食をつくるエプロン姿の女に出迎えられたというわけである。

あとから聞けば、そのメッセージは、稜平が送ったものではなかった。前夜から泊まりに来ていた彼女が、稜平の目を盗んで勝手に送ったのだ。自分の存在を、凪に見せつけるために。

クールだ、なんてどの口が言えるのだろう。そのあと、凪がずぶ濡れになりながら街をさ迷い歩いたことも知らないくせに。芙蓉が手を差し伸べてくれなかったら、今ごろどうなっていただろう、と苦々しく思う。

――水に流してくれたら、俺はこれまで以上にきみを大事にすると約束するよ。

その後、一度だけもうけられた話し合いの場で、稜平は言った。

いわく、彼女とのことは清算するつもりだったのだと。新居に泊まらせるつもりも、毛頭なかった。これが最後だからと泣かれ、思い出がほしいと押し切られ、しかたなく迎え入れてしまっただけ。むしろ自分はとっくに別れたつもりであったのだと、ぬけぬけと言い放った。

許してもらえると期待する姿に、凪は混乱した。この人は本当に、凪が結婚しようと思った相手なのだろうか。女性との関係を、清算、なんて言葉で表現するような人だっただろうか。

お断りします、と凪は答えた。

なぜか、稜平のほうが傷ついた顔をしていた。

「まあでも……そういう、スパッとしたところに俺は憧れていたし、好きだったんだけど。きみは、なんていうか、何事にも合理的だろ。結婚式もしなくていい、指輪も別にほしくない、それよりはちょっといい家電を買いたい、なんて言われたときも、らしいなあ、っておもしろかったよ。あっさりしすぎて、さみしくはあったけど」

「私、あと半分で飲み終わるけど」

「ああ、いや、だから……彼女のことだよ。きみと違って、ものすごく夢を見ているみたいなんだ、結婚に。夢っていうか、理想かな。結婚式もあげることにしたんだけど、予算のこととか全然考えないで、豪華なプランばっかり追加していくし、俺たちのためっていうより、誰かに見せつけるためにあげるみたいな気がして。そのくせ、費用はほとんど俺に出させようとするしさ」

「でもそれが、あなたの望んだことじゃなかったの」

できるだけ淡々と聞こえるようにつとめて、凪は言う。

「私とちがってあなたを頼ってくれる、我儘を言ってくれるのがかわいかった、って言ってたじゃない。いちいち話し合いで解決しようとするんじゃなく、好きだからごはんつくってあげたい、家のことはやっておくからゆっくり休んでいていいよ、って甘やかしてくれるのが嬉しくてほだされちゃった、って」

「それは……そうだけど……」

「私の淡白なところがいやで、愛情を感じられなくて、さみしいから心変わりしたんでしょう。だったら、彼女のそういう我儘なところもちゃんと受け止めてあげてください」

「それでも俺は、きみと結婚するつもりだったんだ」

「ぶち壊したのはあなたです」

「やり直したい。戻ってきてほしい。もう二度と怒らせるようなことはしないから」

眩暈《めまい》がして、ごまかすように凪は、乱暴に残りのラテを吸い込んだ。

芙蓉に会いたい、と切実に思う。

ついておいで、と言ってくれたあの凜とした声に、今すぐにでも触れたかった。

凪は、伝票を手に立ち上がる。慌てる稜平を見向きもせず、足早にレジへと向かう。

レジにいたのは、注文をとりにきたのと同じ女性で、対応が迅速だった。凪が伝票を差し出すより前にレジ入力を終えていて、すばやく電子決済を終えた凪は、レシートが出てくるのも待たずに店を飛び出した。
百メートルほど駆けて、横道に入る。久しぶりに力いっぱい走ったせいで、息があがってい
た。息を整えながら、立っているのも億劫になって、凪はその場にしゃがみこむ。そこへ、
「大丈夫ですか？」
女性の声が頭上から降ってきて、凪ははっと顔をあげた。
芙蓉、かと思って泣きそうになる。けれど心配そうに見下ろしているのは、希美だった。腰
をかがめ、額から流れ落ちる凪の汗をハンカチでぬぐってくれる。
「なんで……」
「繕兄の家がこのへんなんです。相談したいことがあって、繕兄と一緒にそこのカフェにいた
ら凪さんが男性と入ってきて……。ごめんなさい、ただならぬ様子だったから、こっそり観察
していました。知り合いですか？　警察、呼びます？」
「いえ、大丈夫です。お騒がせして、すみません」
恥ずかしさに身を縮ませながら立ち上がるのと、繕がやってくるのとが同時だった。
「あの男の人なら、駅に行きましたよ。店員さんが、たぶんわざとだろうけど、もたもた会計
してたから諦めて帰ったみたいです」
「繕さんも……ごめんなさい、ご心配をおかけして」
「あなたのためじゃないですよ」

繕は口の端をゆがめた。冷笑、と呼ぶのがふさわしい形に。

「あの男がやばい奴だったら、今後、芙蓉さんにも危険が及ぶかもしれないじゃないですか。芙蓉さん、優しいから。よけいな気苦労かけたくないし」

心配したのはお前じゃない、と凪の自意識過剰を嘲るような口調に、頬が熱くなる。凪はますます、身をすくめた。

「それも、大丈夫だと思います。おかしなことにはならないよう、対処します」

「そうしてもらえると。ただでさえ芙蓉さんの家にあがりこんで世話してもらって、図々しいことこのうえないんだからさ、男関係くらいはちゃんと整理しときなよ。いい年して、みっともないよ」

「繕兄！　なんなの、その言い草！」

眉を吊り上げた希美に、繕はふんとそっぽを向く。

「凪さん、気にしないでくださいね。繕兄、やきもちやいてるだけだから」

「なんだよ、やきもちって」

「だってそうでしょう。繕兄ね、今凪さんが住んでる部屋があいてから、何度も住まわせてくれって頼んでたんですよ。家賃は相場どおりにちゃんと払うから、って。でも、芙蓉さんにずっとかわされていて。そこへぽっと出の凪さんが借りちゃったものだから、むしゃくしゃしているんです」

「ちがっ……俺はただ、芙蓉さんの人のよさにつけこんでこの人が騙してるんじゃないかと心配で」

「そんなの、凪さんとちょっと話せばありえないってわかるじゃない。さっきの人のことだって、事情も知らないのに凪さんが悪いみたいな言い方してさ。なんの非もなくても付きまとわれることはあるんだよ。それなのに、こんな真っ青な顔した人に追い打ちをかけるようなことを言うなんて、鬼畜以外の何物でもないよ」

「鬼畜って、俺はただ」

「あ、あの、私は本当に大丈夫です。さっきの人は元婚約者で、話をしていただけですから。気分が悪くなって出てきちゃいましたけど、でもそれは私側の問題で」

「元婚約者って、このあいだ言ってた、浮気した人？　そんなの、気分が悪くなって当然じゃない！」

暗がりに、希美の声が響く。

はっと気まずそうに口をつぐんだあと、希美は気づかわしげな視線を凪に向けた。

「あの、凪さん。もしよかったら、これから飲みに行きませんか。ごはんでもいいですけど」

だったら、と凪は言った。

「睡蓮に行きませんか。甘いものを食べたいなと思っていたんです。繕さんの水羊羹、新しくメニューに加わったんですよね？　芙蓉さんのリクエストで」

ええ、まあ、と繕はバツが悪そうにうなずく。希美が肘で、繕をつつく。

そのまま三人で、睡蓮に向かった。

繕はグラタンとコーヒー、希美はナポリタンとバナナジュースを注文するかたわら、凪は水羊羹と煎茶だけ。再び心配そうに様子をうかがう希美に「食べたかったんです」と凪は微笑む。嘘じゃない。以前、芙蓉に食べさせてもらって以来、忘れられない味だった。

「それに今、あんまり固形物が咽喉をとおる気がしなくて」

「いいんじゃないですか。もともと羊羹は精進料理としてつくられたものだし」

繕の言葉に、へえ、と凪と希美が同時に感嘆を漏らす。

「元をたどれば鎌倉時代あたり、中国に渡った僧侶から伝わったものだけど。羊羹の羹はあつもの、つまり汁のことで、読んで字のごとく羊肉のスープだった。でもその僧侶は禅宗で、肉を食っちゃいけないから、かわりに小豆や葛を使ったんです。それが冷めて煮凝《にこご》りになったのが始まりだとか」

「さすが繕兄。和菓子のことになると饒舌」

「おもしろいですね。私、防災バッグに羊羹を常備しているんですけど、保存食として開発されたのかと思ってました」

「それはもっと後の時代ですね。当時の砂糖は貴重品。今みたいにどかどか使えないし、蒸し羊羹が主流だったらしいです。俺は、水羊羹がいちばん好きですけど。試作した一棹をいっぺんに食べちゃうときもある」

「そんなに食べると糖尿病になっちゃいますよ」

「それがこの仕事のリスクですね」

軽口をたたいているうち、冷えた指先に少しだけ体温が戻ってきた。蒸し暑い外気が嘘のように全身が冷え切っていたのは、冷房のせいではないだろう。運ばれてきた煎茶を一口飲むと、さらに生き返った心地がする。

「凪さんの元カレ、やりなおしたいとか言ってきたんですか。てか、それ以外、ないですよね。浮気した男の言い分なんて」

運ばれてきたナポリタンをフォークに巻きつけながら、希美が言う。

「凪さんも、会って話そうと思ったってことは、少しは未練があるんですか?」

まさか、と凪は首を横に振った。

「逃げ場がなかっただけです。同じ会社だから」

「うえ。同じ会社の人とつきあって結婚寸前で別れるってそれ、かなり体面悪くないですか。まわりからひそひそ言われそう」

「それはないんじゃないかな。一応職場ではかくしていたし、同期だから、社内で話すことがあっても不審に思われることはなかったですし」

「もしかして、浮気相手も同じ会社ですか」

「私と同じ部署の後輩です」

「げえええええ」

「希美、食べてるときにいやな声出すなよ」

「だって……」

言葉を呑み込んで、希美はナポリタンを口に運んだ。ケチャップのついた唇をへの字に結んで、不服そうな表情を浮かべている。凪も、水羊羹を切って口に運んだ。舌の上でこし餡のねっとりした感触が広がる。けれど一瞬で、つるんと滑るようにして咽喉の奥へと落ちていく。

「おいしい」

思わずこぼれ出た一言に、繕は苦笑した。

「この状況でそんな至福の顔できます？」

「だって……この前も食べたけど、でもやっぱり、私が知ってる他の水羊羹と全然ちがう」

「当然です。シンプルな和菓子こそ忘れられない味に、というのが僕のモットーですから。……少しは気が晴れました？」

「ものすごく。さっきまでのことが全部、消し飛ぶくらい」

皿に載せられた二切れだけではとうてい、足りそうにない。おかわりをしようか、それとも別の和菓子を頼もうか、メニューを見ながら迷ってしまう。

そんな凪に敵対心もそがれたのか、繕はふっと肩の力を抜いた。

「やめたほうがいいですよ、浮気した男とまたつきあうなんて」

自分に向けられた言葉だ、と気づいて凪は顔をあげた。

「浮気って、本気の心移りじゃない限りは、愛情と天秤にかけて欲望が勝ったってことでしょう。相手が悲しむことも想像できないで、目先の衝動に飛びつくような奴、どうせまたくりかえすに決まってる」

「ちょっと。それ、私に言ってるでしょう」

口元をナプキンで拭いながら、希美が繕をにらんだ。

「そんな簡単にわりきれるなら、誰も悩まないよ。一度は結婚しようと思った相手だよ。凪さんだって、やりなおしたいって言われたら多少は揺れますよね」

同調を求めるように凪を見るが、残念ながら、うなずくことはできない。

だが何かを答えるより先に、希美は背筋を伸ばして凪に向き直った。

「せっかくなので、同じ元カレに悩まされる者同士、聞いてもらえますか。……私、すごく悩んでて」

要するに、希美もまた、浮気されて別れた男に復縁を迫られているのであった。

元恋人は高校の同級生で、互いに進路が決まった三年生の冬からつきあい始めたのだという。

繕は聞き飽きているのだろう、うんざりした表情を浮かべているが、希美は気にしない。

「私は見た目がわりと派手なせいか、オラオラ系の男子から言い寄られることが昔から多くて。

でもみんな、つきあうとすぐに、そういうことをしようとしてくるし、私はしたくないしで、思っていたのと違うってフラれることが多かったんです。だから全然違うタイプの、あんまりオスっぽくない感じの彼に惹かれたんだと思います」

元恋人は優秀だが朴訥《ぼくとつ》として垢抜けず、学生時代はずっと、モテとは無縁に過ごしていた。趣味は映画を観るか本を読むか、あるいは青春18きっぷであてどなく遠くへ旅するのが好きで、大学生になっても同性の友達とつるんでいるほうがいいという彼を、たいていの女性は「つまらない」と一刀両断したが、博識で好きなことには少年のように目を輝かせる彼が希美は好きだった。

「つきあって一年くらいは、手をつなぐたびに汗でびしょびしょになって、笑ったなあ。ちっとも慣れないいんだな、と思ったらかわいくて、もしかしたらこの人とだったら大丈夫かもしれないって思いました。だってみんな、本当に好きな人とのセックスは格別だって言うんだもん。キスするだけでぞくぞくして、くっつきたくてたまらなくなるって……」

「希美」

「……ごめん。とにかくまあ、それまで私がそういうことをしたくなかったのは、単に相手のことが好きじゃないからだと思っていたんです。手をつなぐだけで幸せなのも、一緒にいるだけで心が満たされるのも、彼のことが本当に好きだからで、今は全然その気になれなくても、いざそのときが来たら絶対に大丈夫だって信じてました。だって」

本当に、ちゃんと、大好きだったんだもん。

声がふるえ、希美は唇を嚙む。

その先は、聞かなくてもわかった。いざそのときが来ても、どうにもならなかったのだろう。キスをしても、なんでこんなことをするんだろうという違和感のほうが強いし、無駄にくっつくのも煩わしい。服を脱いで抱き合うなんて、もってのほか。叫びだしたくなるほどいやではないが、積極的にしたいとは思えない。でも、相手がそれを望んでいるから応えるしかない。拒絶すればきっと相手を傷つける。そんなことくらいは、ちゃんと理解しているから。

凪と、同じだ。

「何かトラウマがあるわけじゃないんです。彼が下手だった、とかそういうことでもないと思う。まあ、私も彼も初めてだったし比較はできないけど。でもたぶん、私には端からそういう欲求がなかった。全然、ちっとも、したいなんて思えなかった。相手が彼だろうと誰だろうと、興味がわかなかったんです」

希美が積極的でない、とやがて元恋人も気づいたようだったけれど、セックス以外でコミュニケーションをとる時間が豊富だった大学生までは、大きな問題に発展することはなかった。

不協和音が流れ始めたのは就職してからだ。慣れない職場で心身ともにストレスがかかっていた希美には、彼に応えるだけの気力をふりしぼることができなかった。今日は疲れてるから、と同じ言いわけをくりかえしているうち、やがて彼から誘われることが減り、比例するように連絡も少なくなっていった。

「まずいな、と思ったんですけど、あのころは本当に余裕がなくて。今でこそ内勤業務がほとんどですけど、最初は営業さんについて外回りにも同行したし、毎日、扱っている保険の約款を読みこんで、資格を取ったほうがいいよと言われてその勉強もして。週末にやっと会えたかと思えばそういうことばかりしようとする彼にうんざりしちゃったんです」

間の悪いことに、彼は、会社のつきあいと称して男女の飲み会に連れて行かれることも増えていた。学生時代はぱっとしなかった彼も、それなりに名の知れた会社に就職してスーツをまとうと、洗練されて落ち着いた雰囲気を放つ〝結婚するには最適の男〟として女性たちの目に映ったらしい。希美とのすれちがいで生まれた彼の心の隙間に、上手にすべりこむ女性たちは後を絶たなかった。

「よくある話ですよ」

繕は、鼻で笑った。

「バレなきゃいい、と浮気をくりかえすうちに、希美に対する不満も大きくなった。どうして他の子たちみたいに僕をちやほやしてくれないんだろう、会いたいさみしいと甘えてくれないんだろう、ひょっとして僕のことがあまり好きではないんじゃないか、愛情があればもっと尽くしてくれるはずだ、ってね」

どこかで聞いたような話である。

凪が黙りこんだのを同調と受けとったのか、繕は続けた。

「ふざけてると思いませんか。そうじゃない希美だから好きになったんじゃないのか、そうじゃない希美だからこれまでお前のことを尊重して自由にさせてくれていたんじゃないのか、って小一時間詰め寄りたいくらいです」

「もうやめてよ、繕兄。あの人も勝手を承知で、それでもやりなおしたいって頭を下げてきたんだから」

「連絡が来たんですか」

凪が聞くと、希美は気まずそうに目を伏せた。

「このあいだの週末、芙蓉さんに相談した直後に。タイミングがよすぎますよね。どっきりかと思っちゃった」

「悩む希美も希美だよ。俺だったら煮立った小豆をぶちまけてる」

「だって……しょうがないじゃない。正直、婚活がうまくいかないのも、彼のことを忘れられないからだし。彼とのときみたいに、多少無理してでも応えてあげようって思える人と出会えないの。このままじゃ私、一生結婚できないじゃない」

「だからって、ちょっとモテたくらいで調子に乗って、セックスに味をしめた猿と結婚して幸せになれると思ってんの？」

らしくない乱暴な物言いである。「そんな言い方ないでしょ！」と鼻息を荒くする希美を見れば逆効果だとわかりそうなものなのに、繕が挑発的な態度を崩すことはない。なるほど、これがシスコンというやつか、と凪は一人で納得する。

「希美さんは許せるの？　浮気したこと」

凪が問うと、希美は眉間にぐっとしわを寄せて黙りこんだ。

「正直、許せないのは浮気したことよりも……」

わかるでしょう、というように上目遣いで凪を見る。けれど凪が何かを言うより先に、投げやりな態度で繕が吐き捨てた。

「ほんと、ばかだな。もう希美を傷つけないなんて言葉はつまり、一通りよそで経験したから気が済んだってことじゃないか。いいのか、そんなふうに甘く見られて、腹は立たないのか」

「うるさいなあ。繕兄には関係ないでしょ！」

「関係なくない。なんのために芙蓉さんを紹介したと思ってるんだ。芙蓉さん、あれからどうしたら希美にあう人を見つけられるかって仲人さんたちに一生懸命相談してくれてるんだぞ。その心遣いを無駄にする気かよ」

「ああもう！　芙蓉さん、芙蓉さんって繕兄はそればっかり！」

なるほど、と凪はまたも一人で納得する。希美を妹のように案じる気持ちもあるのだろうが、芙蓉のこととなると繕はそれ以上に感情を乱す。よほど世話になったのか、おばあちゃん子だったのだろうか、と思いながら水羊羹を口に運ぶ。最後の一口なので、じっくり口のなかで甘みを堪能した。

おいしい、と思ったのがまた表情に漏れていたらしく、繕は呆れたように凪を見る。

「いやいや、このタイミングで？」

「だって……私が口出しできることはあんまりないし」

「いちおう芙蓉さんの助手なんでしょう。何か意見言ったらどうですか」

それは確かに、としぶしぶ口の中の余韻を追い払う。

「芙蓉さんのことは、今はおいといていいんじゃないでしょうか。それより私は、希美さんがお相手と復縁しても同じことのくりかえしになるのでは、ってことのほうが気になります。別れて、どれくらい経つんですか」

「三年、くらいかな」

「それでもまだ好きなんですか。すごいですね」

「我ながらしつこいかなとは思うけど、友達だった時期も含めたら、十年くらいのつきあいになるから。どこ行っても、何をしてても、思い出がつきまとうし。凪さんだって、浮気されたからっていきなり嫌いにはなれなかったでしょう？　許せないのと、まだ好きだって気持ちは、両立しない？」

「私は……」

凪は口をつぐんだ。

浮気がわかった時点で、凪の稜平に対する信頼は失われた。どういう経緯で始まったかは知らないが、一生をともにしようと決めた相手が、凪を傷つけるリスクをおかしてもいいと判断したことに失望した。

やりなおす、なんて選択肢は欠片《かけら》も浮かばなかった。――それは、稜平のことが〝好き〟じゃなかったからなのだろうか。

けれど凪は何も言わず、ただぎこちなく笑みを浮かべた。

「希美さんがしたくないって気持ちを、彼は今度こそ尊重してくれそうなんですか」

「うん……そうだね。そういう欲求を満たすより大事なことがあるって気づいた、って言ってくれてる」

「今だけだろ。絶対、くりかえす」

「繕兄！」

いいなあ、と凪は思う。矛盾した感情を抱えて、自分のことにも相手のことにも一生懸命になって、もがく希美が凪には眩しかった。自分も、そんなふうに執着を捨てられないくらいの〝好き〟を経験してみたかった。

家に戻ると、凪は風呂にも入らず、ソファで膝を抱えたまま、ぼうっと見たくもないテレビ番組を眺めていた。やたらとでかいリアクションも誰かが誰かをジャッジするようなトークも耳障りで不快だったけれど、静まり返った部屋に一人でいるよりはマシだった。

インターフォンが鳴ったのは、二十三時を過ぎたころだ。

相手は芙蓉しか考えられなかったが、いちおう画面を確認する。ほろ酔いらしい芙蓉がややふらついた、というよりは腰を振って踊りだしそうな雰囲気で、カメラのレンズを覗いている。

そういえば今日は水曜日だ、と思い出す。

「あーもう、飲み過ぎた。咽喉が渇いちゃった。お水ちょうだい」

芙蓉は、先ほどまで凪が座っていたソファに腰かけると、扇子をとりだしてぱたぱたと扇《あお》いだ。ただの酔っぱらいなのに、やたらと優雅なしぐさである。

「ごめんなさいね、こんな遅くに。酔って夜道を歩くと人恋しくなっちゃって」

「今日は人と会ってたのでは」

「だからこそでしょう。急に一人になるって、わびしいものよ。ああ、生き返る！」

水を一気に飲み干す芙蓉に、もう一杯同じものを渡すと、凪はケトルを火にかけた。本当はアルコールを摂取する前のほうがいいのだが、柿の葉茶はアルコール分解を助けるタンニンが豊富で、そのわりには渋みもクセもなくて飲みやすいのだ。

「趣味の集まりって、何してるんですか。いつもそこそこ飲んでるみたいですけど」

「ふふん。楽しいことよ」

流されるのはいつものことだったので、それ以上は追求しない。お茶の準備をしながら、凪は繕と希美に会ったこと、そのときに聞いたことをかいつまんで話した。もちろん、希美には承諾済みである。

「仲人の端くれとして、その元カレはちょっとおすすめできないな」

芙蓉は、渋い顔をした。

「私が仲人として働いていた期間は短いけど……それでもねえ。別にいいのよ、うちの相談所で相手を見つけなくても、誰と復縁しても。でも、希美さんも躊躇してるってことは何か引っかかってるんでしょう。引っかかるところがあるときは、その直感に従ったほうがいい。直感って、あんがい馬鹿にできないものだから」

「そういうものですか」

「だけどみんな、目をつぶっちゃうのよね。こんな自分を受けいれてくれる人はめったにいない、これを逃したら後はないかもしれないって。年齢的なところで焦ってそう思い込んでしまうこともある。確かにどうしようもなく縁がなくてお相手が見つからないことはあるし、これはばっかりは本人が決めるしかないのが歯痒いところ」

湯呑に注いだ柿の葉茶を渡すと、香りを嗅いだ芙蓉の表情が少しだけ和らぐ。甘くていいにおい、と頬がほころぶ。

「ま、うまくいかないと決まったわけじゃないからね。お相手は本当に改心して希美さんを大事にしてくれるかもしれないし」

そうだといいが、と凪も願う。

自分のぶんは雑にマグカップに注いで、凪はダイニングの椅子に座った。隣に来ればいいじゃないよ、と芙蓉はソファを叩くが、これくらいの距離感がちょうどいい、とも思う。そんなふうだから自分はだめなんだろうか、とまたネガティブの虫が騒ぎ出して、むりやり笑ったところを芙蓉に見とがめられた。

「で。あなたは、何があったの」

ごまかせるとは思っていなかった。かといって、稜平のことを一から話す気にはなれない。

ただ、聞いてほしい気持ちはあった。

「人を好きになるってことがわからない、って言いましたよね」

ああ、とうなずく芙蓉に凪は続ける。

「正確に言えば、元婚約者のことは、好きでした。そうじゃなきゃ、結婚しようなんて思いません。でもそれが恋かと聞かれると、よくわからない。これまで生きてきて、いわゆる胸のときめきみたいなものを感じたことが、一度もないんです。彼の浮気を許せなかったのも、独占欲というより、それはルール違反だろうという怒りの方が強かった気がしますし」

「別に、結婚するからって恋をしなきゃいけないことはないでしょう。私は見合い結婚だったから、夫になんて最初から特にときめいてはいなかったわよ。結婚してもいいと思える程度には人として好意は抱いていたけど、それだけ。あなたと同じ」

「そうなんですか？」

「そうよ。だいたい恋愛結婚が主流になったのなんて、つい最近のことじゃない」

芙蓉は、肩をすくめた。

「死ぬまで仲睦まじく寄り添いあう夫婦は山ほどいる。それはすばらしいことだし、素直に祝福したいと思う。羨ましい、ともね。だけどみんながみんな、そんな相手に出会えるわけじゃないでしょう。それに凪さんだって、結婚できれば誰でもよかったわけじゃないでしょう？」

ぐ、と瞼の裏が熱くなって、凪はマグカップを包む手に力をこめた。

「その彼は、自分が凪さんに与えるのと同じくらい熱い気持ちを返してほしかったのかもしれないけど、ほんの少し一緒に過ごしただけの私にだって、わかる。それは、無理。凪さんはそういうタイプじゃない。でも、ちゃんと相手のことを思いやって、心地よく過ごせる空間をつくろうと努力できる人よ。今だってほら、私のためにこんなにおいしいお茶を淹れてくれる」

「そんな、たいしたことじゃ……」

「行為の大小じゃないの。そこに気持ちがあるかどうかなの。飲むだけならマグカップでいいのに、私のぶんはちゃんと湯呑に入れて茶たくに置いてくれるでしょう。それが思いやりじゃなかったら、なんなわけ？　きっと彼に対してもそういうさりげない気遣いは重ねていたはずよ。それを理解せずないがしろにする人に、凪さんを責める権利はないと私は思うけどね」

「そう……なんでしょうか」

「そうよ。あなたの気持ちは、いわゆる〝恋〟ではなかったんでしょう。でも、人のことを好きになれないっていうのとはちがうんじゃない。だってあなた、私のことは好きでしょう？」

あまりに直球に聞かれて、凪は「ええ、まあ」とたじろぎつつもうなずく。芙蓉は、満足そうに口の端をあげた。

「ね。あなたは人を好きになって、ちゃんとその相手を大事にできる人。それでじゅうぶんじゃないの」

今、自分がどんな顔をしているかわからず、凪はマグカップのなかに浮いた細かい茶の粒子を見つめながら、じっとしているしかない。そしてふと気づいた。凪が芙蓉に拾われたのが土曜日だったことに。

「芙蓉さん。初めて会ったあの日も趣味の集まりに……〝楽しいこと〟に行く途中だったんじゃ」

「ああ、そうだったかもね。それが？」

「いえ……」

今の凪は知っている。よほどのことがない限り、芙蓉は水曜と土曜の外出を何より優先するということを。あの日、芙蓉は、見ず知らずの他人である凪のためにその予定をとりやめた。

そしてそばにいてくれた。今さらながら気づいて、胸がぎゅっとなる。

「……そうだ。繕さんから預かっているものがあるんです」

むりやり笑みをつくって立ち上がり、白い箱の入った紙袋を渡す。頼まれていた和菓子の試作品だ、と繕は言っていた。

芙蓉の顔が、ぱあっと輝く。

「待ってたのよ。凪さん、おなかに余裕はある？　せっかくだから今、食べましょう」

「いいんですか、こんな時間に。十八時以降は甘いもの食べないって前に言ってませんでした？」

「いいじゃないのよ、たまには。せっかくだから味が落ちないうちに味わいたいじゃない」

「明日でも味の質は変わらないって、繕さん、言ってましたけど」

「いいったら、いいの！　ほら、はやく用意して。食器棚に漆の器があるはずだから、それに載せてちょうだい」

だだっこのような物言いに、思ったよりも酔っぱらっているなと、凪は逆らうのをやめた。

それにしても、と言われたとおり艶のある臙脂《えんじ》の皿をとりだしながら凪は思う。

棚を開ければ高価そうな食器がまばらに納まっている。

初めてこの部屋に連れてこられたとき、あまりに上質にしつらえが整っていることに驚いた。住んでいた人が出て行ったから全部好きなように使っていいと言われたけれど、入居の時点で家財もあらかた揃っていて、凪が持ち込んだ大型のものはベッドとテレビ、ソファくらいだ。

キッチンひとつとっても、前の持ち主がこだわりぬいてデザインや配置を決めたのがよくわかる使いやすさで、そうとう金をかけてリフォームしたのではないかと推察された。

いったい、以前は誰が住んでいたのだろう。なぜこんなにも、暮らしを残したまま出て行ったのだろう。芙蓉に聞いても答えないのはわかっていた。あなたは気にしなくていいのよ、と微笑まれるに決まっている。だから今日のところは黙って、和菓子の箱を開ける。

中には、一・五センチほどに切り分けられた羊羹が二切れ、入っていた。羊羹にしてはかたそうだから、寒天だろうか。グラデーションのついた藍色の薄闇のなか、星が瞬くように金箔が散らされている。夜空に流れる天の川だ、ということは言われずともわかった。

「七夕って、もう過ぎましたよね?」

「旧暦にあわせて、毎年、茶会を開くのよ。そのための和菓子を、繕ちゃんにお願いしたの」

「茶会って……茶道の、ですか」

「そう。毎週お教室で教えるほどの元気はもうないから、不定期に季節の茶会を開くことにしているの。生徒さんたちも、そういう機会がないと作法を忘れちゃうからね」

皿に載せた菓子をテーブルに置くと、あらきれい、と満足そうに芙蓉はうなずいた。

「そういえば、織姫と彦星は、年に一度の逢瀬で、セックスするのかしらね」

「何を言ってるんですか、急に」

「たまにしか会えないのだから情熱的に抱き合いたい、片時も離れずくっついていたいっていう人と、一緒にいろんなところに出かけて、たくさん話をしたいって人がいるでしょう。少なくとも、私の友人を思い浮かべても、いろんなパターンがあると思う」

「それを言うなら私は、家でのんびり映画でも見るか、おいしいものでも食べに行くのがいいですね。せっかく会えたのにわざわざそんなことしなくても、って思っちゃいます」

「せっかく会えたのに、って気持ちが同じなのにすれちがうのだとしたら、これほど切ないことはないわねえ」

しみじみと、芙蓉は言った。

「ねえ凪さん。ブルーバードの名前の由来は話したかしら」

「チルチルとミチルじゃないんですか？　童話の『幸せの青い鳥』」

「やっぱりそう思うわよね。でも違うの。カササギなのよ。織姫と彦星が年に一度会うときに、カササギは羽を広げて群れとなって、天の川を渡る橋の役目をつとめるの」

初めて聞く話に、凪はへえ、と声を漏らす。

「夫が相談所をたちあげると決めたときにいい名前はないかと聞かれてね、昔、人から聞いた話を思い出したってわけ。カササギは頭も体も基本的には黒いんだけど、その羽には美しい青の光沢があるの。あなたの言うとおり、たいていの人は青い鳥といえば幸せを連想するからね。ぴったりじゃないかと思って」

「じゃあ、芙蓉さんはカササギってことですね」

「私だけじゃないわよ。一羽だけじゃ橋はつくれないもの。みんなで一生懸命に羽を広げて、ようやく年に一度だけ会わせてあげられる非力な存在。でも非力なりにできることがあればいいなあと思う。せっかく縁あって私を頼ってくれたんだもの。どうしたら希美さんが幸せな選択をできるか、私なりに考えてみなくちゃね」

「芙蓉さんって……どうしてそんなにいい人なんですか」

感動を通り越して、凪はちょっと、呆れていた。繕でなくとも、つけこまれやしないかと心配になる。

けれど芙蓉は、声をたてて笑った。

「いい人なんかじゃないわよ。老後の趣味みたいなものだもの。あのね、あなたが思っているより、年寄りの時間はあっというまに過ぎていくの。今は元気でも、いつ思うように体が動かなくなるかわからないし、いつまで頭がしっかりしているかもわからない。だから、若い人たちのことをおもしろがれるうちに出会っておきたい。ようするに、道楽ね。あなたを拾ったのも、その一環。あんまり気にしなくていいわよ」

「酔狂な人ですね……」

「あら、それは最高の褒め言葉ね」

七夕菓子を口に放り込んで、ご満悦の芙蓉は珍しく鼻で歌いだした。聞き覚えのあるメロディに、記憶をたどって思い出す。エディット・ピアフの『愛の讃歌』だ。以前、ピアフの生涯を描いた映画を観たことがある。凪と違っていつだって情熱にあふれ、恋に身を焦がし、壮絶な人生のなかで命を燃やし続けた女性。生命力にあふれた芙蓉がその歌を好むのは、ごく当然のことのような気がした。

きっと芙蓉の夫も、酔狂な世話好きだったのではないかと想像する。なにせ、結婚相談所をたちあげようと思うくらいである。結婚がもたらす幸せというものも、信じていただろう。そんな夫と芙蓉の生活もまた、激しい恋情はなくとも、穏やかに幸せだったのではないか。

いいな、と凪は素直に羨む。そんな日々を、凪も稜平と重ねていきたかったと。

わかるでしょう、という目で凪を見た希美を思い出す。

悲しかったのだ、凪だって。

一生をともに過ごしていいと思うくらい大切に思っていた人に裏切られたことは、とても。裏切っても大丈夫、と軽んじられたことは浮気された事実以上に。そしてそれを、いつまでも稜平が理解してくれないことが、やるせなくてたまらないのだった。


翌日も、稜平は会社帰りの凪を待ち伏せしていた。たちが悪いことに、凪が地下鉄を降りるまで黙ってあとをつけていたらしく、「引っ越したんだね」と改札を抜けたあとで声をかけられたときは、ぞっとした。

「ストーカーって言葉、知ってる?」

反射的に出たそのセリフに、稜平は眉をひそめた。なんでそういうこと言うんだよ、のときの顔だ。その顔をされるたびに凪は、自分が冷たい人間だと責められているようでいやだった。

言わせる自身のことは、いつだって省みようとしない稜平に、不平等なものを感じていた。

それでも許していたのは、改善しようと試みていたのは、一緒にいたかったからだ。家族にさえ、情が薄いと指摘されることの多かった凪を、自立してる感じでかっこいいじゃん、と褒めてくれたのは稜平だけだったから。

――みんな、目をつぶっちゃうのよね。こんな自分を受けいれてくれる人はめったにいない、これを逃したら後はないかもしれないって。

芙蓉の言っていたことは、凪にもそっくりあてはまっていた。

小さく息を吐く。つきあっているときに、もっとちゃんと、話しあえばよかったのかもしれない。けれど、そうまでする気力が凪にはなかった。凪もまた、面倒くさいと思っていたから。その罪悪感がこの場から逃げ出そうとする足を止めた。それを都合よく解釈したらしい稜平が「きのうの話の続きがしたい」と前のめりになる。けれど、

「私に話すことは何もない」

切符券売機の脇に寄って、凪は言った。

「でもあなたに言いたいことがあるなら今、ここで聞く。これが最後。次に待ち伏せしたら、しかるべきところに駆けこむから」

「しかるべきところって……」

「会社の人事、もしくは警察」

「なっ……」

声を荒らげかけて、改札を抜けていく人たちに見られていると気づいた稜平は押し黙る。見られるのがいやならなおさら手短に、と譲る様子のない凪にやがて観念したように息を吐いた。

「戻ってきてほしい」

絞り出すような声で、稜平は言う。

「結婚しようと思ってる、って言ったのは嘘だ。いや、嘘じゃないって言うか、向こうはそのつもりで週の半分以上はうちにいるけど、でも、俺はやっぱり凪と結婚したい。もう二度と同じことはくりかえさないから、許してほしい」

以前より神妙な態度だけれど、けっきょく、凪に水に流せと言っているのと同じだ。

凪はわかりやすく渋面をつくった。

「週の半分は一緒にいるのに、そんな言葉、信じると思う？　せめて彼女を追い出してから言うべきなんじゃない」

「帰ってくれないんだ。平日も、家に帰るとごはんつくって待ってるし、忙しくて余裕がないから一人の時間がほしいって言っても、静かにしてるからってずっと」

「知らないよ、そんなこと。あと、勘違いしないで。追い出したからってやり直すわけじゃないから。あなたが彼女と結婚しようと別れようと私には関係ない」

「なんでそんなに頑ななんだよ」

「それはこっちのセリフだけど？」

「なあ、悪かったよ。本当に、申し訳ないと思ってる。それに今なら凪の気持ちもよくわかるんだ。その気になれないとき、スキンシップを強要されるのがどれほどつらいか。だからこれからは凪のことも尊重できると思う。改めて俺たちなりのペースをつくっていくことはきっとできるはずだって」

あまりに話の通じない稜平に、その場から逃げ出したくなる。けれどそれでは、いつまでもついてまわられる。繕の言うとおり、芙蓉に迷惑をかけることになりかねない。

静かに、深く、ため息を吐く。巻き込まれては、だめだ。芙蓉を思い浮かべて、凪はぴんと背筋を伸ばす。

「その思いやりは、彼女に向けてあげて」

そのつもりがなくても、突き放すような声が出た。

「あなたは、わかっているはずでしょう。望んだときに相手がふりむいてくれないのが、どれだけつらいか。あなたは、私にされていやだったことを、今、彼女にしているんだよ」

はっとしたように、稜平は目を見開く。

「言ってたじゃない。手をつなぐだけでもいい、肩をくっつけて眠るだけでもいい、私からの愛情を感じたいって。あなたがしてほしかったことを、してあげて。どっちつかずで彼女のことまで傷つけないで」

「……傷ついたのか」

驚いたように言う稜平に、何を言っているんだと凪は目を剝く。失言に気がついたのか、稜平は慌てたように表情をとりつくろった。けれど、表情から戸惑いは抜けない。

「凪は……傷つかないかと思ってたよ」

稜平は、肩を落とした。

「そうだよな。そんなわけないよな。でも、どこかで思ってたんだ。俺が浮気しても凪は平気なんじゃないか、なんとも思わないんじゃないか。結婚さえできれば、相手は俺じゃなくてもいいのかもしれない、って」

凪は、言葉を失う。

――この人はいったい、私の何を見てきたのだろう。

稜平の望みからはズレていたかもしれない。でも、彼をいい加減に扱ったことは一度もなかった。一緒に過ごす時間が心地よいと、折に触れて伝えてきたつもりだった。情の薄い人間だと思われやすいことは自覚していたから、凪なりに態度で示さなければと一生懸命だったのだ。

それはひとつも、伝わっていなかったということだろうか。

積極的に甘えたり、スキンシップをとったりしなかったというだけで？

「……私にも、至らないところはたくさんあったと思う」

声がかすれそうになりながら、言葉を振り絞って、ようやくそれだけを言う。

「でも、少なくとも私は、あなたに対して誠実だったつもり。あなたが私を信じられなかっただけのことを、私のせいにしないで」

うなだれる稜平に、それ以上、言うことはなかった。

踵をかえす凪を、稜平はもう、追ってはこなかった。


土曜の午後、芙蓉の自宅に呼び出された。

和室の座卓は片づけられ、部屋の隅には大きな釜と柄杓などの茶道具が置かれている。

「茶釜よ。今朝はこのあいだ言っていた茶会だったの。せっかくだからあなたたちにもお抹茶を点ててあげようと思って」

だから着物姿なのか、と納得する。室内とはいえ、夏真っ盛りの日に暑くないのだろうかと観察して、以前に見たものより生地が薄いことに気がつく。そのぶん、着物の藍色に生まれた軽やかさを、金地の帯が引き締めている。

「もしかして、天の川をイメージしているんですか」

「そうよ。そこのお花もかわいいでしょう」

言われて床の間に目をやると、竹の花入に笹の葉と白い星型の花が活けられている。桔梗だ、と教えてもらった。その上に飾られている掛け軸には、竹の墨絵。添えられている文字は達筆すぎて読みとれないが、きっとそれも七夕に関連しているのだろう。

「素敵ですけど、緊張します。私、茶会の作法なんて何もわからないのに」

「いいのよ。畳のヘリを踏まずに座って、和菓子を食べてお茶を飲めば。気になるようだったら繕ちゃんの真似をしなさい。子どもの頃から習ってるから完璧よ。あ、ってことは希美さんもかしら」

芙蓉の言うとおり、やがて連れ立ってやってきた二人は着物ではなかったものの、慣れた様子で畳にあがる前にまず座礼をした。

床の間に近い奥座に座るのは希美だ。茶会では最も上位の客――正客《しょうきゃく》の座る場らしく最初は遠慮していたけれど、「お前の話をしに来たんだから」と繕に言われて、おとなしく腰をおろす。

「ま、気軽にね」と亭主席、つまり茶釜の前に芙蓉は腰を据えるが、ただよう空気はいつもよりぴりっとしていて、凪の呼吸は浅くなる。

希美の前には、菓子の入った皿が置かれていた。持参した懐紙に菓子を載せた希美が、繕に皿をまわすのを見ながら、何も持っていないことに焦る。あたりまえのように繕が凪に懐紙を一枚わけてくれるが、もうこの時点で、凪の背中は冷や汗でびっしょりだ。いつものように裏で茶を淹れるだけにしたい、と思うが、今日はその役を芙蓉が負っている。

茶釜から、柄杓で湯をすくって碗に入れる。いつも以上に優美な芙蓉の挙動に見惚《みと》れ、しゃこしゃこと茶を点てる音が響くのを聴きながら、ふと、凪は手元の菓子に目を落とした。

先日、芙蓉と一緒に食べた、繕の七夕菓子。このあいだは気づかなかったけれど、天の川とおぼしき白い靄《もや》のなかに、点々と小さな藍がまざっている。川を横断するように散らされているこれは――。

菓子に見入っていると、凪の前にも茶碗が置かれた。

あわてて、見よう見まねで茶碗をくるくるとまわし、碗に口をつける。菓子を食べながら失笑する繕に、絶対に間違っているのを確信しながら、どうしようもないので抹茶を飲み干す。苦い、けれど、おいしい。

「さて」

三人が飲み干したのを見てとると、ようやく芙蓉が口を開いた。

「うちの仲人から聞いて、私も初めて知ったんだけどね、希美さんのように性的なことを抜きにした結婚を望む人は、今、少なくないらしいの。恋愛を前提としないかたちを、ひとくくりに友情結婚と呼ぶこともあるらしいわ」

芙蓉は懐から折りたたんだ紙をとりだし、希美に差し出した。ＷＥＢサイトをプリントしたもので、友情結婚専門の結婚相談所〈ハッピーシード〉とそこには大きく書かれている。

「ここの所長さんと仲人さんと会ってお話を聞いてきた。創立してまもないけれど、成婚実績も高いし、なにより会員に対する姿勢が真摯。希美さんの話もきっと、じっくり聞いてくれると思うわよ」

「でも……」

戸惑いの表情を浮かべながら、希美は言いよどむ。

「私は別に、恋愛をしたくないわけじゃないんです。結婚する相手にも、ちゃんと私のことは好きになってほしいし」

「じゃあ聞くけど、希美さんの言う〝好き〟ってなに？　性的なことを抜きにして、それが恋愛としての好きなのか、友情としての好きなのかを、どうやって証明するのかしら」

芙蓉の言葉に、希美は押し黙った。横目でうかがうと、心なしか繕も表情をかたくしている。

「ひとつ思い出話をしましょうかね」

と、芙蓉は笑った。

「女学校時代に、とても仲のいい友達がいたの。もちろん、女の子。一緒にいると心が安らいで、おしゃべりをし始めたら止まらなくて、その内容は本当にくだらないものばかりだったけれど、退屈したことなんて一度もなかった。どうしてこの安らぎを、楽しい時間を捨てて、たいして好きでもない男と結婚して家庭に入らなくてはならないのか、それが私たちの幸せにつながると言われるのか、当時は本当によくわからなかったわ」

芙蓉は、皿に残っていた七夕菓子を箸でとり、みずからの懐紙に載せた。

「そうそう。織姫と彦星をつなぐのがカササギの橋だって教えてくれたのも彼女だったわね。

鵲橋《じゃっきょう》、っていうんだそうよ。私が旧暦の七夕にこだわって茶会を開くのも、彼女が教えてくれたこの橋がかかるころに催したい、って思うからなの」

やっぱりそうか、と凪はいまだ手つかずの七夕菓子に目を落とした。凪よりつきあいの長い繕が、ブルーバードの由来を知らないはずがない。きっと、芙蓉のこめた想いを知っているから、こうして菓子に寄せたのだ。

茶会では、菓子を食べるのが先で抹茶があと。二人が来る前に調べてそれくらいは理解していたが、あわてて抹茶を飲んでしまったし、懐紙の上できらめく鵲橋の美しさに、どうしても手をつけられない。

「夫が亡くなってようやく、その友達と自由にお茶をしたり、旅行をしたり、一緒に過ごせるようになった。正直、夫と過ごした何十年よりも幸せだったわ。もし結婚する前の時代に戻れて、夫ではなく友人と穏やかに過ごす生涯を選ぶ権利を与えられたら、私はどうするだろうって……友情結婚の話を聞いたときに、ふと思ったのよ」

ふふ、と芙蓉は笑う。

「もちろん私と彼女のあいだに恋愛感情はない。……ああ、もちろんとか言ってはだめね。彼女が本当はどうだったかなんて、私は知らないもの。でもねえ、もうひとつ正直に言うと、私が結婚する前に想像していた、お互いを慈しみ、思いやり、労わりあう関係というのは、夫ではなく彼女とのほうがしっかりと紡げていた気がする。だから……わからないのよ。性的なことを抜きにしてもとびきり好きで、幸せであってほしいと願える相手へのこの気持ちが、恋愛と何がちがうのか」

「それは……誰にも渡したくないと思えるとか、そういうことじゃないんですか」

おずおずと希美が言うと、あら、と芙蓉は目をまるくした。

「独占欲ならしっかりあったわよ。私の知らない友達と親しくしている話を聞いたときはもやっとした気持ちになったし、夫の愚痴を聞かされたときは、私だったら絶対そんなふうに悲しませないのに、なんて憤ったもの。だからといって私は彼女とセックスしたいとは思わなかった。生理的に、私にとって女性はそういう対象ではないんでしょうね」

希美は、押し黙る。

唇を噛んで、じっと考え込んでいる。

「友情、という言葉は便宜的なものだから、あまりとらわれないでもらえると嬉しい。身も心もひとつになりたいと思える、いわゆる恋愛結婚ではないものとして、大雑把にくくったものだから。第一、友情と恋愛を天秤にかけて、友情のほうが劣ると思うのもおかしいと思うのよね。いつまでも仲のいい夫婦というのはたいてい、親友のようになっていくものだし」

「……そっか」

希美はつぶやいた。

「私、知ってたんです。友情結婚のことも、専門の相談所のことも。だけど……認めたくなかった。私みたいに、セックスが好きじゃないのはおかしなことじゃない。普通の相談所でだって、相手を見つけられる。私は……マイノリティなんかじゃない、って思いたかった」

泣くのをこらえるような表情で、希美は笑う。

「でもそれって、ものすごく、差別的な考え方ですよね」

「元カレのせいだろ、それは」

吐き捨てるように、縹が言った。

「セックスしたがらないのはおかしい、性欲は人間の三大欲求なんだから、それがないのは普通じゃないって別れるときにさんざん言われたから」

復縁を止めたくなるはずだ、と凪は思う。同時に、そんなことを言われてなお、希美が元恋人に揺れてしまう理由がわからなくて、戸惑う。

見透かしたように、希美は言った。

「そうだね。だから彼とうまくやりなおせたら、私は普通だ、どこもおかしくないって証明になると思ったのかもしれない」

「無駄な意地を張りとおしてみすみす不幸になるなんて、ばかだよ」

「……わかってるよ。縹兄の言うとおり、ひととおり遊んで彼が満足したんだってことも。勝手なこと言うなあ、って私も腹が立った。でも、どんなにセックスの相性がよくても愛情が育つわけじゃない、ずっと一緒にいたいと思えるのは希美だけだった、って言われたらそりゃあ揺れるよ。勝った、とも思った。ほらね、私が正しかったんだ、って」

すん、と鼻が鳴って、希美の声が途切れる。歯を食いしばりながら必死で泣くのをこらえる希美に、芙蓉は言う。

「身も心もひとつになりたいと願う相手と出会えたら、そりゃあ幸せだろうと思うわよ。でもたいていの人は、そろそろ結婚したいと思った時期に、なんとなく条件的にも生理的にも悪くないと思えた相手と結婚するんじゃないかしら。いやじゃないからセックスして子どもをつくり、手に入った幸せを大事に守っていく。世の中にこれだけ恋愛映画や小説が溢れているのは、ある種の夢を描いているからだと思うのよ」

「不思議ですよね」

繕が、鼻で笑う。

「ある日突然才能を見出されて偉業を成したり、世界を救うヒーローになったり、そんなのは絶対に自分の身の上には起こらないって知っているのに。恋愛と結婚は努力次第でどうにかなると信じてる」

「実際、ある程度は努力でどうにかなるでしょ。繕兄は、悲観的すぎるんだよ」

「でも、どうにもできない人も、いますよね」

ぽろりとこぼれた凪の言葉に、全員の視線がその顔に集中する。口を挟むつもりなんてなかったのに、と慌てながら、凪は続けた。

「異性同士で惹かれあって、性愛が介在するのが結婚で、それ以外は普通じゃないと責められるとしたら、それができない人は一生、ひとりぼっちで生きていかなくちゃいけない。それを自己責任だと言われるのはすごく、しんどいです」

静まり返った場の空気に耐えきれず、凪は畳の上に置いた菓子を再び手にとった。希美と繕のように黒文字なんて用意していないので、行儀が悪いだろうかと恥じながら手でとり一口かじる。前回食べたものよりほんのわずかに柔らかく、そして甘みも静かに増していた。おいしい、と胸の内だけでつぶやいたそのとき、

「それはよかった」

と繕が言った。驚いて彼を見返すと「顔に出てるよ」と笑う。こんなふうに柔らかい表情をする人なのか、とまた驚いて、菓子を呑み込むのも忘れてしまった。これまで向けられてきた冷やかなまなざしとあまりにちがって、顔の造形が整っているだけに、不意打ちの衝撃も大きくなる。

「というわけでね」

場が和んだところで、仕切り直すように芙蓉が言った。

「ブルーバードでは、一人でも多くの人が、望むかたちで運命の人に出会うお手伝いをするために、会員のみなさんに恋愛結婚と友情結婚のどちらを望むのか、改めて聞き取りをすることにしました。これから新規で会員となる方にも同じ。ハッピーシードとも連携して、より適切

なサポートができるよう体制を整えていくつもり」

そして、希美を見てにやりと笑う。

「だから、ハッピーシードへの入会もいいけれど、まずはブルーバードで活動するのも悪くないと思うわよ。私の知り合い枠ということで、今なら入会金は半額。初月会費は無料とさせていただきます」

「商売上手ですね」

希美は吹き出す。そして眦《まなじり》に浮かんでいた涙をぬぐって頭をさげた。

「よろしくお願いします。堂々と芙蓉さんに相談できるというのも、心強いし」

「そうと決まれば、さっそく下の事務所にいらっしゃい。十五時から面談の枠はおさえてあるの。安心して、うちの仲人はみんな、私よりずっと親身に話を聞いてくれるから」

「用意周到だなあ」

繕の言葉に、全員が声をたてて笑う。

もういいだろう、と凪はしびれて感覚のなくなりつつある足を崩した。びりびりと痛みが戻ってくるのをこらえながら、菓子の残りを口の中に放り込む。そして何とはなしに掛け軸に目をやる。芙蓉の話を聞いた今は、冒頭の文字が「かささぎ」であることは読みとれた。

「かささぎの渡せる橋におく霜の白きをみれば夜ぞふけにける」

凪の視線に気づいた芙蓉が、聞かれる前に諳《そら》んじる。

「毎年、七夕の茶会にはその掛け軸をかけることにしているの」

「お友達からの、贈り物ですか」

「よくわかったね。結婚相談所にブルーバードと名づけたと話をしたら、お祝いに。知り合いの書家にわざわざ頼んでつくってくれたみたい」

趣味の集まりと称して酔っぱらう日は、その人と会っているのだろうか。だからいつもあんなにご機嫌なのか。そう思った凪の心の内を、やはり見透かしたように芙蓉は続ける。

「おっとりしているようで、案外、せっかちな子だったのよねえ。私を置いて彼岸へ渡ってしまったわ」

切なそうに目を細める芙蓉の横顔は、確かに恋をしている人のものに似ている、と凪は思った。その友人は芙蓉にとって何物にもかえがたい存在で、誰もその不在を埋めることはできないのだろう。

そう思ったら、なぜだかちくりと胸を刺すような痛みが走った。


数日経って、会社帰りに立ち寄った睡蓮で出会った繕は、ひどく不機嫌だった。

「希美の奴、けっきょく元カレと会うことに決めたって言うんです」

「え、でもあの日、ブルーバードに入会していましたよね？」

「復縁した、というわけではないらしいんですけど」

続きを話したそうなので、繕の向かいに座る。冷やししるこを注文すると、心なしか表情をやわらげ、繕が続ける。

「仮交際することにした、っていうんですよ」

「元カレさんと、ですか」

「そう。相談所の活動と並行することはヤツにもちゃんと伝えた、結婚を前提とした真剣交際に進むかどうかはこの数ヶ月でみきわめる、って。けっきょく未練たらたらなんだよなあ。絶対うまくいくわけないって俺は思うんだけど」

「したくてもできない、っていうのも、彼にとってはすごくつらいことでしょうしね。でも……いいじゃないですか。友情結婚って選択肢を得て、相談所でいろんな人に出会ってみて、それでも元カレさんのほうがいいっていうなら、それが希美さんにとって最善なんですよ。また失敗して傷つくことになったとしても、希美さんが納得して選んだ道なら、それが正解だと思います」

「また泣きつかれるのはごめんなんだけどな」

いつになくふてくされた表情でアイスコーヒーをすする繕は、よほど元恋人のことがきらいで、希美が心配なのだろう。やっぱりシスコンだ、と凪には微笑ましい。

「……ま、でもしょうがないですね。あいつの人生、俺がどうにかできるわけじゃないし」

「そうですよ。選んだ結果、傷つくのも希美さんの権利です」

そう言うと、繕は虚を衝かれたように目を瞬いた。

「なにか？」

「あ、いや……似たようなことを前に芙蓉さんにも言われたなあって」

繕は、何かを思い出すように目を細めた。

「芙蓉さんって、もともとうちの祖母の友達で。昔は会うたびに説教されていたんです。いつまでもふらふらしていないで、ちゃんと家を継げ。好き放題生きて後悔することになっても知らないぞ、ってね」

「意外」

「でもあるとき、頭を下げられました。失敗するのも後悔するのもあなたの権利なのに、あなたの選択に口を出して尊厳を踏みにじるようなことをして悪かった、って。……そんなこと言ってくれた人は、初めてだったな」

思わず、といったふうに口元をほころばせる繕の表情は、あの茶会で凪に向けられたものと同じ――いや、それ以上に柔らかいもので、凪はなぜだかひどくうろたえてしまう。けれどすぐに、いつもの皮肉まじりの笑みに戻ってしまう。

「だから俺も、できるだけ泣きついてこないことを祈りつつ、おとなしく見守ることにします。……で、その後、あなたのほうは問題なく？　あの男の接触は」

「なくなりました。同じ部署の後輩……彼の今の婚約者とはあいかわらず気まずいですけど、それはまあ、しょうがないです」

「堂々としていればいいでしょう。凪さんは何も悪くないんだから」

「大丈夫です。自分でもどうかと思うくらい、私は人のことを気にしないたちなので」

そう言って、凪は運ばれてきた冷やししるこを口に運んだ。舌の上でほろほろと崩れる小豆と、もちもちした白玉の食感に、希美のことが一瞬、意識から消えてしまう。

繕が、苦笑する。

「本当に、うまそうに食べますね」

「芙蓉さんと繕さんに出会えたことを考えると、元婚約者のことを許してもいい気がしてしまいますね。……いいなあ。繕さんと結婚する人は、きっと芙蓉さんにかわいがってもらえるだろうし、おいしい和菓子が毎日食べられる。なんで結婚したくないんですか？　もったいないですよ」

「もったいないの使い方がおかしいですよ。でも……そうだな。そんなふうに言うなら、凪さんが俺と結婚します？」

冗談なのか本気なのかわからない、ためすような表情で繕は口の端をあげた。

凪は、目を瞬いた。

「凪さんくらいさっぱりした人となら、結婚してもうまくやっていけるような気がするし。とりあえず、俺たちも仮交際してみるっていうのはどうですか」

意図をはかりかねて、まじまじと見返すばかりの凪を、繕は見つめておかしそうに笑う。何を答えても笑われそうで、凪は冷やししるこに意識を戻す。ふたたび口にふくんだ小豆は、先ほどよりもねっとりと甘く、深い余韻が咽喉の奥まで残りつづけた。

# 第三話

ご趣味は、とまっさきに聞くのがお見合いのお約束だと思っていた凪に、結婚相談所を介してのそれは、むしろ相手に悪印象を与えかねないのだと、芙蓉は言った。かっぽーん、と鹿威《ししおど》しが鳴り響く料亭に着物で、という思い込みにも「いつの時代の人なのよ」と呆れられる。七十八歳にそう言われては、二十九歳の凪は立つ瀬がない。

趣味はもちろん、家族構成に仕事の内容、タバコや酒など嗜好の傾向まで、相談所に登録されているプロフィールには基本、すべてが書かれている。書かれていることを改めて問うのは、相手に興味を抱いていないと伝えるのと同義で、無礼にあたるとさんざん芙蓉から聞かされていた凪は、電車のなかでもギリギリまでプロフィールを読み込んでいた。おかげで、向き合う相手の人となりは会社の同僚以上に把握できたが、情報が豊富だからといって会話がはずむとは限らず、他愛ないおしゃべりというものをもっとも不得手とする凪は、緊張のあまり心拍数があがるのを感じ、ますます焦る。

なにやってんのよ、まったくもう。と、呆れ果ててため息をつく芙蓉を想像していると、

「結木さんは、学習教材をつくる会社にいらっしゃるんですよね」

目の前に座る男が聞いた。

いけない、今は会話に集中しないと、と凪は姿勢を正す。男は、続けた。

「どんな商品をつくっているんですか?」

「会社自体は、知育玩具や絵本をつくっていて、最近ではアプリ開発に重点を置いています。私は総務なので、仕入れや契約の書類を管理したり、印刷物も多いので、印刷所と相談して、フローを作成したり……社内報の作成もしますね。まあ要するに、なんでも屋です」

我ながら、面接のような返答だなと思うが、男が気にした様子はない。凪の緊張をほぐすように、優しく微笑む。

「大事なお仕事ですね。総務がしっかりしていないと、会社はまわりませんから。なんでも屋がつとまるのも、結木さんが優秀な証拠でしょう」

「言われたことを正確にこなすほうがラク、というだけです。そのぶん、融通がきかないって陰口叩かれることもありますし……。平井《ひらい》さんは、システムエンジニアでしたよね。ずっと社内にいらっしゃるんですか」

「ずっとパソコンに向き合ってるイメージでしょう。でも僕は、取引先に派遣されることが多いので、社内にいることのほうが少ないかな。同じ会社の連中ともあんまりなじみがなくて、飲み歩くのももっぱら社外の人たちと、です」

「すごい。派遣先の人と親しくなるなんて、普通に働くよりコミュニケーション能力が高いってことですよね。私はあんまり、新しい人たちと出会うのが得意じゃないから……」

「だめじゃないですか。お見合いはいちばん向いてない」

うかつな発言をばかにするでも責めるでもなくからっと笑うその男を、凪もぎこちない微笑を口元にのせて見つめかえす。

モテそうな人だな、というのがその男――平井勇人《ゆうと》の第一印象。

学生時代にラグビーをやっていた、というプロフィールから想像するとおりのがっちりした体格で、老若男女とわず好感をもたれやすそうな精悍《せいかん》さをそなえた三十四歳。なぜ結婚相談所に登録しているのか不思議になるほどの好青年だ。

なぜ、といえば、こうして日曜の朝からホテルのラウンジカフェでお見合いしている今の状況こそが、凪自身、不可解でならないのだけど。

――土日の午前十一時、ホテルのラウンジにいる客の半数以上はお見合い中のカップルだと考えていいわよ。

だから予約で満席なのだ、と芙蓉が言っていたとおり、あたりをみまわせば凪と平井のようにぎこちない空気をかもしだした妙齢の男女が溢れかえっている。席を押さえてあるからといってギリギリに到着するなんてことがあってはならないし、先に入ってお茶を飲んでいるなんてこともNGだ。相手を見かけても気がつかないふりをして背筋を伸ばして待っていろ、声をかけるのは男性からと決まっているから……などとさまざまなルールをたたきこまれ、作法にのっとることばかり考えていたせいで、一杯千円近くもするコーヒーも味がわからない。

半額以下の睡蓮のコーヒーが恋しい。安いけれど、店長こだわりのブレンドは香り高くて、いつだって心をときほぐしてくれるのだ。少しくたびれたソファは、ところどころ破れているけれど、その味わいこそが居心地のよさにつながっていく。口先だけで互いを褒めあう今の状況は、凪にはこそばゆくて居心地が悪いだけである。

——ほんとになんで、こんなめに。

話は、希美の一件が片づく少し前にさかのぼる。

いつもどおり、相談者が来るからと、睡蓮に呼び出されたのだった。

結婚相談所に登録している人たちは、みな似た空気をまとわせている。個性がない、という意味ではない。ただ、男女ともに、第一印象で好感をもたせるほどよい清潔感と、キー局のアナウンサーを連想させるような服装を一様に身にまとっている。髪を染めていたとしても落ち着いた茶がせいぜいで、派手や独特という言葉からは縁遠い人たちばかりなのだ。

ところが木曜の夜に引き合わされた男は、その真逆をいっていた。銀色のメッシュを入れた短髪に、焦げたのかと思うほど黒い地肌を筋肉でもりあがらせて、くたくたのTシャツに柄の短パン、ビーチサンダルといういでたちである。一言で言えば、いかつい。そんな男が、睡蓮のソファで芙蓉と向かい合って座っているのを見たときは、正直、度肝を抜かれてしまった。

「あ、来た来た、凪さん。お仕事おつかれさま」

「おつかれ……さまです」

「紹介するわね。こちら、三浦圭一郎《みうらけいいちろう》さん。お世話になっている整体師なの。ときどきトレーニングもつけてもらってる」

「どうも。あなたが芙蓉さんに道端で拾われちゃったっていう凪さんですか。しかもそのまま自分の家に住まわせるとか、ほんとどうかしてますよね、芙蓉さんって」

「やあね。あなたにどうかしてるなんて言われたくないわよ」

「あ、ねえ芙蓉さん。ナポリタン食べてもいいですか？　さっき別のお客さんが食べてて、すげえおいしそうだった」

「いいけど、このあとごはん行くんじゃないの」

「そっちは肉なんで。肉と酒なんで。えーっと、すみません、ナポリタンとアイスコーヒーのおかわりいただけます？　凪さんは？　なに飲みます？　それとも食べます？」

「じゃ、ええと、バナナジュース……」

「え、そんなのありました？　うまそ……まあいっか、今度来たときで。ここ、芙蓉さんのツケで飲み放題なんですよね」

「そんなわけないでしょ、図々しいわね。今日は特別にごちそうしてあげるけど、次からは自分で払いなさいな」

「えー」

「社割にはしてあげる。あなたの風貌なら、マスターも忘れないでしょうし」

ずいぶん仲がいいな、と呆気《あっけ》にとられながら凪は三浦の向かいに腰を下ろす。あまり凝視するのも悪いと思いながらも、つい彼の肉体に目がいってしまう。いったいどれほどのトレーニングを積めば、こんなにもしなやかで美しい曲線を描く筋肉を得られるのだろう。芙蓉が、八十近いとは思えない身の引き締まり方をしている理由もわかった気がした。

「三浦さんは、結婚相談所の会員さんではない……ですよね？」

とりあえず落ち着こうと水で咽喉をしめらせ、凪は聞く。三浦は、明るく笑い飛ばした。

「ないない！　僕、結婚したいと思ったこと、一度もないですから」

「あったとしても、あなたの性格は相談所向きじゃないわねえ」

「人にあれこれ言われるのが何より嫌いですしね。それに相談所って、最初は男性が奢るのがルールだって聞きましたよ。わー、むり。絶対やだ。人のためにお金使うなんてありえないですよ。奢ってくれるならまあ、一緒にごはん食べてあげてもいいけど、誰でもってわけにはいかないですよね」

「あらあ。じゃあ、割り勘にしたらもう私とごはんは食べてくれないのね」

「そんなこと言って、お店の外で会うの、今日が初めてじゃないですか。今後もごはん食べに行くつもりなんて、ありました？」

「ないわねえ。あなたとは施術中におしゃべりするので、じゅうぶん。おなかいっぱい」

「ですよね。芙蓉さん、月に三回くらい来てくれてるし」

「というわけでね、今日、凪さんを呼んだのはおしゃべりにつきあわせるためじゃなくて、改めて話を聞かなくちゃならない要件があるからなのよ。三浦くんは、さっきも言ったとおり相談所とはなんにも関係がないんだけど」

「僕のお客さんが、ちょっとね」

そこで初めて、三浦は渋い表情を浮かべた。どうやらそれなりに深刻らしい。

そうして紹介されたのが、平井勇人という男だったのである。


「実を言うと、これまではあんまり、結婚には興味がなかったんですよ」

平井は、恥じるように口元を小さくゆがめた。

「三十手前で結婚する友人もいましたが、それまでと変わらず飲み歩いていましたしね。でも最近、まわりで立て続けに子どもが生まれて」

「ああ、それは、さみしくなりますね」

「わかります?」

「わかりますよ。私のまわりは二十五歳くらいで一度、結婚ラッシュがあって。平井さんより数年はやいですが、今がまさに出産ラッシュなんです。気軽にごはんに誘える友達が一気に減って、困っています」

嘘だった。

　そもそも、凪に友人と呼べる相手は、ほとんどいない。その数少ない友人と、同僚たちから聞いたことのある愚痴を組み合わせて、答えているだけ。そうと知らずに平井は、嬉しそうに、やや前のめりになってうなずく。

「僕も、似たようなもんです。まわりからは、だからはやめに相手を見つけておけと言っただろう、なんて笑われますけどね。もともと一人の時間も苦じゃないタイプだし、遊べる友達が減って初めて、さみしいって感情が芽生えました」

「それで、相談所に」

「身勝手な理由ですよね。わかってます。でも……ふと考えちゃったんですよ。この先の人生のこと。減ったと言っても、遊んでくれる友人はいる。子育てを終えた先輩だって、まだまだ結婚なんて考えてもいない後輩だって、同年代の友人たちと同じくらい、話すのは楽しい。でも、そうやって目の前の楽しさばかり重ねて、その先に何があるのかなあ、って」

　凪は、同意するように神妙にうなずいた。

「私も一人で過ごすのは好きだし、現状に不満があるわけでもないんです。だけど……一生一人で生きていくのかと考えると、なんとなくさみしい」

「それで、相談所に？」

「はい。どうせなら、できる経験はしておきたいじゃないですか。どんなに充実していても、一人で子どもはつくれませんし、結婚してみるのもありかな、って」

これは、本音がまじっていた。

一人で過ごすのがまるで苦にならない凪は、結婚しなくても生きていけるタイプだとまわりから言われることが多いし、自分でもそう思う。それでも、死ぬまで一人きり、と考えると足元のおぼつかない心もとなさを覚える。

凪のあけすけな物言いに、平井は今日でいちばん、くだけた調子で笑う。

「そういう割り切った感じ、好きです。あたたかい家庭を築きたい、という夢を語られるよりも、ずっと」

おどけたように言う平井に、凪は苦笑した。

「結果的に、あたたかい家庭を築けたら万々歳ですよ。というか、それをめざさずに結婚はしませんし」

「そりゃそうだ。僕だって、同じです。……そろそろ、時間ですね。でも結木さんとは、もっと話がしたいな」

凪は、微笑む。それは、自分で思っていた以上に、器用にやりおおせていることに対する安堵の笑みでもあったが、やはり、平井は知る由もない。

平井の言葉が全部嘘かもしれないと、凪が疑っていることもまた。

「僕のお客さんで婚活中の人がいるんですよ。最近妙に艶っぽくなったし、サボってばっかだった筋トレを続けて体もひきしまってきたし、いい出会いがあったんだなってピンときました」

ナポリタンのケチャップを唇のはじにつけて、三浦は言った。

「そうしたら、結婚相談所で素敵な人に出会ったたって言うわけですよ。まだ、仮交際っていうんですか。結婚の約束をするような仲じゃないらしいけど、彼女のほうは、他の人とのデートもままならないくらい入れ込んじゃって」

「それはちょっと心配ねえ」

「でしょう。仮交際って、まだつきあってるともいえない段階なんでしょう?」

「同時に何人かと交際していてもかまわない状態だからね。真剣交際に進むと決めたら、一人に絞らないといけないいけど」

「舞い上がりすぎるのは危ないんじゃないのかなって僕も思ったんです。しかも、話を聞いていたら、ちょっときな臭い気がして」

「きな臭い?」

「相手の男にあんまり結婚する気がなさそうっていうか……実家の話をしたがらないし、相手が語る理想の家庭像っていうのも薄っぺらいっていうか教科書的っていうか。仮だってのにずいぶん積極的らしくて、手をつないだり距離が近かったり色気むんむんふりまいてくるわりに、ごはんは割り勘だったりして」

凪は首を傾げた。

「それはまあ……今の時代ならおかしなことではないのでは」

「でもその人、三十半ばですよ？　結婚が決まったならともかく、仮の状態ならもっと見栄を張るんじゃないですか。調子のいいことばっか言って、うちのお客さんから貯金でも引っ張ろうって魂胆なんじゃ？　まさか新手の結婚詐欺⁉　って僕もう腹が立ってきちゃって」

「ちょっと待ってください。それはあなたの妄想ですよね？」

「妄想じゃなくて、勘です！」

同じようなものじゃないかと、凪は呆れる。三浦の言い分はほとんど言いがかりに等しい。けれど三浦は退かないし、なぜか芙蓉も止めようとする気配はない。

「僕の勘はよくあたるんです。絶対、その男には何かある！」

「……とまあ、施術中もずっとうるさくてね」

芙蓉はしかめつらを浮かべた。整体とは身体をほぐすために行うものなのに、ずっとこの調子で話しかけられては疲れが増しそうである。

「そんな詐欺みたいなこと、結婚相談所なんて元手のかかる場所でやるとは思えないんですけど……」

食い下がる凪に、三浦はさらに勢いを増した。

「うちのお客さん、けっこう貯め込んでるんですよ。ずっと彼氏もいないし、結婚できるあてもないし、マンション買っちゃおうかなって言ってましたから。検討してたのも、けっこうお高いエリアだった。でも、そんなにお金あるなら一回くらい相談所に行ってみたらどうかって僕が芙蓉さんのところをすすめたんです。そのせいで騙されて男もお金も失って人生に絶望しちゃったらどうするんですか。凪さん、責任とれます？」

「私、関係あります？　ていうか三浦さんのほうこそお客さんの個人情報把握しすぎじゃないですか？」

「そういう人なのよ」

芙蓉は諦めた顔でアイスラテをすすっている。凪はバナナジュースを飲む隙も与えられていない。見れば、すでに氷が溶けてジュースと分離している。悲しくなりながらグラスを引き寄せたそのとき、ストローに口をつけるのを阻むように、三浦が「聞いてます？」と迫った。

「落ち着きなさいな」

ようやく芙蓉が三浦をなだめに入る。

「要するにね、その男の身辺を洗ってほしいというのが三浦くんの依頼なのよ」

「それはもはや探偵や警察の範疇では……」

「調べてみたら、三浦くんのお客さんもその男の人もブルーバードの会員だったの。うちの仲人に聞いてみたら、お相手の男性は勤めている会社もちゃんとしているし、問題のあるような人には思えないって。ただ、真剣交際に進んでも、いつもどうでもいいことでつまずいて破談になるっていうのよね。本当に結婚したいんだろうかと不思議に思うことがある、って」

「はあ……」

「だからねえ、凪さん。あなた、うちの会員になって、その人とお見合いしてみてくれない？　私が面談してみる手もあるんだけれど、猫をかぶられておしまいのような気もするし」

絶対にお断りします、と即座にはねかえすことができなかったのは、芙蓉の頼みであるという以上に、猛獣のようにぎらついた目で凪を見据える三浦の姿があったからだった。

それに、凪に告げられていない何か別の理由があるのではないか、とも思っていた。そうでなければ芙蓉が、こんな曖昧な理由で、会員のプライベートに踏み込もうとするはずがない。しかたない、とうなだれたのを了承ととり、三浦は「ありがとう！」とやたらと強い力で凪の手をにぎった。

そうして凪はブルーバードの会員となり、仲人が上手に誘導してくれたおかげで、平井勇人と無事、見合いすることになったというわけである。


平井とは、それから二度、会社帰りに待ち合わせをして、軽い食事をした。平井はいつでも紳士的で、凪にやわらかい好意を向けてくれていた。話題も豊富で、最近観たドラマや映画の話をネタバレにならない程度におもしろおかしく話してくれたり、凪が最近和菓子にハマっていると告げれば、このお店のどら焼きがおいしいらしいですよ、などとメッセージをくれたりもする。会えば会うほど、なぜいまだに独身なのかわからなくなるくらい魅力の多い男である。凪のほうが詐欺を働いている気がして罪悪感を覚えてしまう。

そうして、初めての見合いから三週間が経ったころ、平井から仮交際の申し込みが届いた。つまり、凪との結婚に今のところは前向きということだ。不審な点をあげるとすれば、なぜ平井ほどの男が、凪のように淡白でおもしろみのない女をわざわざ選ぶのだろうということで、それじたいが罠であるかのように思われたが。

「それはまあ、仮交際ですからね。あんまり深く考える必要はないわよ。とりあえずおためし、ってことだから。勝負は真剣交際に進めるかどうか。まだまだ、浮かれる段階じゃないわよ」

仮交際に入って最初のデートを翌日に控えた金曜の夜、芙蓉の家で事の次第を報告すると、おおまじめに諭された。

「仮交際にすら進めないって人も、もちろん少なくはないけど、真剣交際はもっとハードルが高いの。なんてったって、他の候補者に勝たなきゃいけないんですからね」

「あの、浮かれるも何も、私は頼まれて調査しているだけなんで、平井さんと結婚したいなんて思っていないんですが」

「そうよね。本当に申し訳ないわ。だからほら、今日は私がご馳走するから。遠慮せずに好きなだけ、食べてね」

和室の食卓には、特上と思われる艶めきを見せるマグロやイクラの並んだ鮨桶と、てりてりと美しく光る煮穴子専用の桶が用意されている。

「ここはね、煮穴子が有名なの。台所にはお吸い物も用意してあるから、よそってくるわね。お口にあうといいんだけど」

「え、わざわざつくってくださったんですか」

芙蓉のあとをついて覗けば、コンロの上に、あさりの沈んだ白濁の汁物が鍋いっぱいに用意されている。

「そりゃそうよ。インスタントじゃ、つりあいとれないでしょ。せっかくおいしいお寿司をいただくんだから。そのかわり、食後のお茶はあなたが淹れてよね」

「もちろん。こんなにいいお寿司は兄が結婚するとき以来なので、うれしいです」

「そういえばあなた、末っ子だとか言ってたっけ」

「六つ上の姉と、五つ上の兄がいます。どちらも結婚して家を出ていますけど、婚約者を連れてくるときは、決まってお寿司をとっていました」

「ふうん。仲いいの」

「たぶん。私だけ歳が離れているので、甘やかされたほうじゃないでしょうか」

「なんとなくあなたって、一人っ子みたいなたたずまいなのよね。あまり人に頼ろうとしないからかしら。閉じている感じがするというか、核家族ってイメージ」

「よく言われます。両家の祖父母も出入りする、賑やかな家庭に育ったんですけど」

「意外中の意外だわ」

「でも、自分の意志を曲げないところは、末っ子っぽいとも言われますよ。放任されて、甘やかされていたから、マイペースに育ったともいえますし」

「大事に育てられた感じは、確かにあるわね。ご実家、東京だったわよね。帰っている様子はないけど、会ってるの？　私が言うのもなんだけど、うちに越してこないでご実家でしばらく羽を休めるって手もあったのよね、そういえば」

　いや、まあ、と凪は曖昧に言葉を濁した。そんな選択肢は、凪のなかにはなかった。実家の家族のことは好きだけど、一緒に暮らすのは好きじゃない。その気持ちをわかってもらえる気がしなくて、話題を変える。

「そういう芙蓉さんは、弟か妹がいそうですね」

「残念、はずれ。二つ上に姉がいるわ。派手なことが好きで、度胸があって、言いたいことは相手が誰であろうと遠慮なくズバズバ言うの。楚々とした美人で、一見はかなげにも見えるから、みんな騙されるんだけど」

「芙蓉さんと似てるんですね」

「なに言ってんのよ、真逆じゃない」

「……お吸い物、冷めちゃいますよ。私がよそいますね」

「あ、ちょっと待って。もうすぐ来るはずだから」

芙蓉がそう言うのと、チャイムが鳴るのとが、ほぼ同時だった。

「私がやるから、出迎えてちょうだい」と言われて玄関に向かうと、そこには繕の姿があった。

「どうも、お邪魔します」

「あ……どうも」

つい、瞬きがいつもより多くなる。

――俺たちも仮交際してみるっていうのはどうですか。

繕と会うのは、そんな提案を受けて以来だ。冗談か本気かはかりかねて、うまく答えられずにいた凪に、繕はとりあえず連絡先を交換しておきましょうと持ち掛けた。凪から連絡するべきなのだろうかと悩んでいるうち、平井の件に気をとられて、それどころではなくなっていた。

すべて凪の見た夢だったのかと思うほど、気にするそぶりもなく飄々《ひょうひょう》としている繕を、和室まで案内する。といっても、スリッパも自分で棚から取り出していたから、凪よりもこの家については熟知しているようだけれど。

「こんにちは、芙蓉さん。お招きありがとうございます。お礼に和菓子を持ってきました」

「あら、新作?」

「残念ながら買ってきたものですが、今の時期にぴったりの名品で……あ、きんぴらごぼうのにおいがする」

鼻をぴくりとうごめかせる繕に、芙蓉はうれしそうに笑った。

「たくさんあるから、タッパーに詰めて持って帰りなさい。今も実家は出たままなんでしょう。あなた、和菓子以外の料理、てんでしないしね。……なにしてるの、凪さん。食べるわよ」

いつのまにか、器に山盛りのきんぴらごぼうと、お吸い物が三人分、食卓に調《ととの》えられている。凪の席は、繕の隣。顔を見なくて済むのはいいが、気まずいことには変わりがない。

食卓についていて手をあわせると、芙蓉は煮穴子を真っ先に口のなかに放り込み、満足そうにうなずいた。

「ああ、おいしい。私、最後の晩餐はやっぱりお寿司がいいわ。お寿司とお吸い物があれば、それでじゅうぶん」

「じゅうぶん、ごちそうですけどね、それ」

遠慮しているような言いぶりに、凪は苦笑して、芙蓉にならい煮穴子を最初のひとつに選ぶ。舌に載せたとたん、米と一緒に、身がやわらかく溶ける。タレの甘さが口のなかいっぱいに広がって、凪は目を瞬かせた。

「おいしい」

「でしょう。あなたも最後の晩餐にこれを選んでくれていいのよ」

「本当に凪さんって、おいしそうに食べますね」

くすくすと笑う繕に、はっとする。寿司を一口食べただけで、繕の存在を忘れてしまった自分の呑気さにも呆れてしまう。

とりつくろうように、凪は二人に問うた。

「そういえば、最後の晩餐って、どういうシチュエーションを思い浮かべます？」

「どういう、って？」

聞きかえしながら、繕は寿司より先にきんぴらごぼうを小皿に山盛りにしている。

「どうやら二パターンあるらしいんですよね。死ぬ前の最後の食事と、明日地球が滅亡するならの想定と」

「そんなの地球が滅亡するパターンに決まってるじゃない。今にも死にそうな人間が寿司なんて食べてられないわよ。白湯がせいぜいじゃないの」

「それはまあ、病状にもよるでしょうけど」

「いよいよ最後の晩餐だって気構えて食べるくらいなんだから、寝ている間にいつのまにか、って突然死みたいなことでもないでしょう。地球が滅亡するか、罪を犯して死刑を執行されるか、そのどちらかよ。私が想像しているのは」

「僕もそうですね。彗星が衝突する寸前の光に包まれた夜空の下で最後の食卓。素敵じゃないですか」

「ずいぶんと幻想的ね。そんな状況で、繕ちゃんは何を選ぶの」

「そうですね。ペルシアングラスの白瑠璃碗でお抹茶を点てて飲みたいかな。ガラスに熱湯を注ぐのはよくないけど、世界が終わるときに保存状態を気にする必要はないですから、最高の贅沢ですよね」

変わった人だ、と凪は思う。

最後の晩餐といえばみんな、よりすぐりの好物からひとつを選ぶものだとばかり思っていた。気まずさが、少しだけ好奇心に変わる。

「有名なお碗なんですか、それ」

「正倉院の宝物ですね。一度、見てみたいものです」

「お抹茶だけですか。なにか、食べないんですか」

「芙蓉さんのきんぴらごぼう……と言いたいところですが、祖父の和菓子が食べたいですね。もう死んじゃったんですけど」

そこでもまた実現不可能なことを言うのかと、凪は吹き出した。

「おいしかったものねえ、おじいさまの練り切り。今の職人さんの味も悪くはないんだけれど……で、凪さんはどうしてそんな話をしたの？」

「ああ、すみません。昔、地球が滅亡するわけないじゃんって笑われたことがあるんです。その人は、本気で、人生の最後に何を食べたいか、現実的に考えていたみたいで」

「それこそ、そんな理想が叶うわけないでしょうよ。で、その人はいったい、何を食べるつもりだったの」

「行きつけの居酒屋で、酒を飲みながらいろんなおつまみを食べるって言ってました」

「その回答はずるいわよ！」

「性格が出ますよね、こういう話って」

「それを言ったのって……」

「私が結婚するはずだった人です」

予想どおり、というように芙蓉は肩をすくめる。

「あれもこれも欲しくなって、選べなくなっちゃうタイプなのね。嫌いじゃないけど、なんだかな。凪さん、別れて正解だったんじゃない」

「だといいんですけど」

「で、凪さんは？　何を食べたいの、最後の晩餐に」

「私は……」

凪は苦笑した。

「それをはっきり答えられないのが、私の弱点だなあと思います」

いちばん好きで、これだけは譲れないという何か。

それがないからきっと、凪はいつまでたってもふわふわ、手ごたえのない道を歩き続けている。

「お相手は、なにを食べたいっていう方なんですか」

洗いものをしている凪のもとに、片づけた皿を運んできた繕が問う。

「お相手？」

「見合い、したんですよね。交際は順調と聞きました」

瞬間、んっ、とむせそうになる。繕は、いじわるそうに笑った。

「ひどいなあ。僕の申し込みを保留にしておきながら」

「ご提案は、仮交際ですよね。仮交際中は、同時に複数人とおつきあいしてもいいというのが相談所のルールです。現に、私のお相手にも、私の他に何人か、いらっしゃるようですし」

これではまるで二股をとがめられた言いわけみたいではないか、と早口になってしまう自分に呆れる。繕は、くつくつと笑いながら肩を揺らした。

「冗談ですよ。芙蓉さんから聞いています。お手伝いの一環だって」

「けっこう、意地がわるいですよね、繕さんは」

「だって凪さんが返事をくれないから」

「本気で言ってるんですか？」

「僕はいつでも本気ですよ」

そういう答えを返す人はたいてい相手をけむにまくのが目的だ、と凪は偏見に満ちたまなざしを向ける。気にしたふうでもなく、繕は慣れた様子で食器棚から白く細長い皿をとりだし、持参した和菓子とおぼしき長方形の箱から、丁寧に包み紙を剝ぎとった。

「このあいだ、凪さんがあまりにおいしそうに水羊羹を食べるのを見ていたら、これも食べてほしくなって……」

鋏で切った密封袋の先から、琥珀《こはく》色のぷるぷるとした塊がすべり落ちる。羊羹というにはあまりに弾力があって、凪は小さく息を漏らした。

「琥珀羹《かん》です。水羊羹や練り羊羹とちがって小豆が入っていなくて、シンプルに寒天を煮溶かして砂糖を加えかためただけのものなんですよ。だからほら、透きとおっていてきれいでしょう」

皿を軽く揺らすと、あわせて菓子がまたぷるぷると揺れる。

「小豆が入っていないなら、この色は？」

「黒糖です。京都で二百年以上続く老舗から暖簾分けしたお店が、祇園《ぎおん》祭にちなんでつくったものなんですよ」

「祇園祭ってあの……たくさん大きな神輿みたいなものをかついで練り歩く？」

「そうそう。神輿の他に山鉾《やまぼこ》というのもあって。八坂神社の山鉾には菊水鉾《きくすいほこ》という、中国の故事にちなんでつくられたものがあるんですよ。いわく、菊の葉からしたたり落ちる露を飲んで七百歳まで生きた男がいるとか。その露に似ているということで、この琥珀羹の名前は〝したたり〟。不老長寿にあやかるお菓子でもあります。ほら、もうすぐ重陽《ちょうよう》の節句でしょう。ちょうどいいかな、って」

首をかしげる凪に、繕は苦笑する。

「知りませんか。まあ、知らないよな。九月九日は菊の節句。菊の花を杯にうかべて酒を飲み、不老長寿を願うんです。芙蓉さんはまだまだお元気だけど、ますますのご健勝をということで」

だったら、と凪は思いついたように顔をあげた。

「菊花茶《きっか》を淹れましょうか。普通のお茶と違って、お花を乾燥させたものなんです。ポットに入れてお湯を注ぐと、花が開いてきれいですよ。お菓子とあうかどうかはわからないけど、そんなにクセもないし」

「いいじゃないですか。俺も飲んでみたい」

「確か、私の部屋にあったはずです。持ってくるのでお湯だけ沸かしておいてもらっていいですか」

「わかりました。……凪さん」

駆けだしていこうとした背中を、繕が呼び止める。

「こういうの、家族みたいでちょっといいんじゃないかな、って思ったんですよね」

「家族？」

「俺は結婚したいと思ったことがないし、恋愛もどちらかといえば面倒なんだけど。恋とか愛とかそういうのは抜きにして、こうして一緒にごはんを食べたり、俺の持ってきた菓子と凪さんの淹れてくれた茶をあわせてみたりする時間をもつのは、ちょっと楽しそうだなと思うんです」

「それは……芙蓉さんも一緒に、ということですか」

「それはそのときに応じて、だけど。まあ、ちょっと考えてみてよ。俺も、思いついただけだから、気軽にさ」

いつもよりくだけた物言いは、繕なりの気遣いなのだろう。おかげで凪も、気軽な気持ちで、わかりましたと答えることができた。

そして、部屋に菊花茶をとりに戻りながら、想像してみる。毎朝の食卓に芙蓉だけでなく繕がまざるところを。疲れて帰ってきた夜に三人で和菓子を食べながら語り合う、安らぎに満ちたひとときを。

平井が予約してくれた店は、コース料理が出てくるようなかたくるしさも、大声で話さなければ互いの声が聞こえないような騒がしさもない、ほどよい雰囲気のビストロだった。お通しに出てきたオリーブのフライがあまりにおいしくて、これだけで酒が飲めると言った凪に、平井はうれしそうに目を細める。

「よかった。食の趣味があうかどうかは、結婚生活においても重要なポイントですからね。凪さんは、酒も飲めるからいい」

「強いってほどじゃないですけど……このお店はクラフトビールがいろいろあって、楽しいですね」

平井が頼んだビールはお手本のような金色だが、凪が頼んだものは琥珀色。それを見て、きのう食べた〝しただり〟の話を始めた凪に、平井は食いついた。

「どんな味がするんですか」

「黒糖のうまみを凝縮したような……だからといって重たいということもなく、口当たりはすごく軽いんです。ジュースみたいにするする胃のなかに入っていくから、具合が悪いときも食べられそうです。あと、おもしろかったのが、黒文字で食べることができなくて」

「黒文字？」

「和菓子を食べるときに使う、楊枝みたいなやつです。刺したら割れるし、掬《すく》おうとしても割れるし、頑張れば頑張るほど、どんどん細かくなっちゃって。最終的にはスプーンで食べました」

「ありなんだ、そんなの」

「正式な作法はわかりませんけど、一緒にいた方は、自由にしたらいいのよって笑ってましたね。目的は食べることで、黒文字を使うことじゃない、って」

興味津々に見開かれていた平井の目が、ふと、まじめさを帯びた。

「それ、結婚にも言えることかもしれませんね」

平井はビールを飲み干して、おかわりを注文する。

「誰だって、目的は幸せになることで、そのために必要なのは結婚することだけじゃないはずなのに、いつのまにか結婚しなきゃ幸せになれないって思い込んでいる」

それは、初めて触れる平井の本音のような気がした。

慎重に、凪は言葉を探す。

「迷ってるんですか?」

平井は、問うように小さく首をかしげた。凪は、薄く笑う。

「婚活、やめたいのかなって」

「そんなことは……」

戸惑ったように、平井は視線を泳がせた。運ばれてきた新しいビールを、勢いよく半分ほど飲むと、口の上に泡の髭をつけたまま、苦笑する。

「凪さんには、うっかり、よけいなことまで話しそうになっちゃうな」

「よけいなこと、聞いてしまいましたか」

「いや……でもちょっと、疲れているのは確かです。難しくないですか、婚活。なにを決定打にしていいかわからないっていうか……いい人だなと思っても、本当にこの人と一生一緒にいられるのかなと思ったら躊躇しちゃうっていうか」

それが仲人の言っていた「いつもどうでもいいことでつまずいて破談になる」原因なのだろうか。

最後の一個となったオリーブを味わいながら、凪は思い返す。別れた婚約者、稜平とは会社の同期で、なんとなくいつも気にかけてくれて、好きだと言ってくれたからつきあった。ただそれだけだった。けれど、ただそれだけの日々をこんなふうに穏やかに重ねていけるのならば、結婚するのも悪くないと思ったのだ。色恋沙汰に縁の少ない自分には、それがたったひとつのチャンスのような気もしていた。

でも、考えてみれば、なんのチャンスだったのだろう。

平井の言うとおり、幸せになるためには結婚しなくてはならないと、凪も思い込んでいたのだろうか。

「平井さんには、理想の家庭像みたいなもの、ありますか」

「それは、婚活用ではなく本音を聞いていますよね」

もちろん、とうなずくと、平井は考えこむように鼻に皺をよせた。

「……俺はね、子どもが欲しいんですよ。一人でも二人でもいいから、自分の血のつながった子どもが欲しい。憧れなんです。子どもを中心に騒がしいながらも、なんだかんだ仲良くしている、ホームドラマみたいな家庭」

「ピクニックして、みんなで一緒にお弁当を食べたり?」

「潮干狩りに行ったり、動物園に行ったり、キャンプをしたり。そういうの、家族！　って感じがしない？」

――そうですね。それはすごく、普通にちゃんとしている感じがして、憧れます。

その言葉を、凪は呑み込む。

「まあだから、結婚するなら凪さんみたいに落ち着いた人がいいな。俺ももちろん、家事育児は協力と言わずしっかりやるつもりだけど、仕事柄、残業も多いし、出張もあるし。一人でも家をまかせられる、肝が据わった人がいい」

「肝据わってます、私？」

「だいぶ据わっているように見えるよ。というか、いつもどこか他人事みたいな顔をしているよね。俺に興味ないの？　って男に拗《す》ねられた経験、あるでしょう」

「興味がない、つもりはまったくないんですけど」

「はは、やっぱり。でも俺は、それくらいがいいな。放っておいても倒れない、つぶれない女の人が、俺はいい」

でも本当は、とそのあとに続いた言葉を凪は聞かなかったふりをした。平井も、聞かせるために言ったのではないと、わかったから。

――でも本当は、めちゃくちゃ好きな人とだったら、何でもいいんだけどね。

そうつぶやいた平井が泣きだしそうに見えて、凪には何も、言えなかった。

そして、確信する。この人は、三浦が言っていたような詐欺を働こうとする人ではない。けれど何かを、隠している。

明日お時間あったら、僕ともお見合いしてみませんか。繕から誘うメッセージが届いたのは平井と別れた帰り道で、酔いのまわっていた凪はOKの文字を掲げたパンダのスタンプを返してそのまま眠りについた。

だから目覚めて、十六時に四《よ》ツ谷《や》駅の改札で、と返事がきていたのを見て驚いた。まるで記憶になかった。時計を見ればすでに八時をまわっている。たまには一人で過ごしたいだろうと、日曜だけは芙蓉との朝食を免除されてはいるものの、彼女が散歩に出る前の五時過ぎには必ず起きていたのに、つい寝過ごしてしまった。

洗面所にかけこみ、中途半端に化粧を落として薄汚れているうえ、むくんでいる自分の顔にうんざりする。飲みすぎたつもりはないけれど、緊張でいつもより酒がまわるのがはやかったらしい。指定の時間が昼でなくてよかったと安堵しながら、ベストとは言わずとも今よりマシなコンディションをとりもどすことに精を出した。繕が凪の見た目を気にするとは思えなかったが、わざわざ見合いというからには、それなりに見栄えをよくするのが礼儀だろう。

そうして十六時十分前、改札を抜けた凪を、すでに繕が待っていた。いつもと変わらないラフな出で立ちで、両手には白い巨大な紙袋を二つ、携えている。

「すみません、日曜日なのに突然、呼び出して。きのうのお見合いの首尾はいかがでした？」

「仮交際の相手に、他の見合い相手のことを聞くのはマナー違反だって、芙蓉さんが言ってましたよ」

「はは、そりゃそうだ。失礼しました。じゃあ、行きましょうか。連れて行きたい場所があるんです」

そう言って誘《いざな》われたのは、駅から歩いて十五分くらいのところにあるビルの地下、日本酒専門のバーだった。準備中の札がかかっているにもかかわらず、繕は気にせず扉を開ける。

「あれ、いない。ま、いっか。そのうち帰ってくるでしょ」

からっぽの店内に臆することなく、繕は紙袋をカウンターテーブルに置く。

凪は、そわそわしながら店内をみまわした。

カウンター席が十五ほどのこぢんまりとした店だが、奥に置かれたガラス張りの棚には数十種類もの一升瓶が並んでいる。ここで飲もうということだろうか、しかしそれならなぜこんな半端な時間に、とあれこれ考えを巡らせていると、

「納品に来たんです」

と、繕は椅子を引いて凪に座るよううながした。

おずおずと腰かけた凪の前に、繕は紙袋から小さな白い長方形の箱をとりだして置く。袋を覗きこめば、同じサイズの箱がぎっしり詰まっていた。

「和菓子ですか」

芙蓉に渡した七夕菓子が入っていたのと、同じ箱だ。正解、と繕は微笑んで凪の隣に座った。

「僕に注文をくれるのは、芙蓉さんみたいに茶会を開く人だけではないんです。この店の主人は、僕のSNSを見て依頼してくれたんですよ。日本酒にあう和菓子をつくってほしい、って。フレンチのシェフとコラボしたり、酒蔵の人を招いてみたり、いろんなイベントを開いているらしいです。で、今夜は和菓子ナイト」

なるほど、とうなずいたとき、入り口の扉が開いて四十代くらいの女性が入ってきた。

「繕ちゃん！　ごめんごめん、ちょっとコンビニ行ってて」

「鍵、開けっ放しは不用心ですよ」

「やー、一瞬だからいいかなって。でもだめだね、気をつける。そちらのお嬢さんも、待たせてごめんなさいね」

「あ、いえ、私は……」

会釈しながらも、凪の視線は女性の頭に釘付けだった。人をじろじろ見るのはよくないとわかっていながら、真っ赤に染められたベリーショートの美しさに、目を奪われてしまう。長く引き締まった腕に彫られた曼荼羅《まんだら》模様の刺青にも。

「では、こちらご依頼のありました和菓子二種のセットです」

カウンターに入ったということは、この女性が店主なのだろう。繕から手渡された箱を彼女が開けるのと同時に、凪もふたに触れる。

わ、と思わず歓声が漏れた。黄色い花と白い綿毛のような練り菓子がひとつずつ、箱の中に並んで鎮座している。きれいねえ、とつぶやくと、店主は黄色いほうの菓子をそっとつまみ、あらゆる角度から眺めまわしている。

「これは、菊？」

「そうですね。もうすぐ重陽の節句ですし、菊の花言葉は高潔や信頼、それに不老長寿の象徴でもあります。この店に来るお客さんは、美しさを磨くことに余念がない方が多いでしょう」

「わかってるわね。絶対、喜ばれると思う」

「ただ、味つけには柚子を使いました。中の餡も白にして、柚子の酸味がひきたつようにしています。綿毛のほうはただのこし餡ですけど、食べくらべるにはこれくらいシンプルなほうがいいかな、って」

「もう、最高！　繕ちゃんの和菓子はシンプルなほどおいしいって、うちのお客さんもわかってるから、絶対に喜ぶと思う。ね、試食していい？　繕ちゃんも飲んで大丈夫なんでしょ。どの酒があうか、意見ちょうだいよ。お嬢さんも、よかったら」

「はい、ぜひ」

思わぬなりゆきに、凪はうなずくことしかできない。

店主はためらいなく菊の花をかじると、なるほどねえ、とつぶやきながら酒の棚に向き合う。

その背中を見ながら、繕がそっと囁いた。

「ごめん、驚かせましたよね。仮交際を申し込んだからには、とりあえず僕という人間を知ってもらおうかと思って」

「むしろ役得って感じでうれしいです。前にも言いましたが、私は繕さんの和菓子のファンなので」

「それならよかった。僕、この店は個人的にも通っているんですけど、酒の揃えが抜群なんです。凪さんも飲む人だって聞いていたから、ちょうどいいなって」

実に、スマートである。

だが本当に仮交際相手の心証をよくしたいなら、この店は選ばないほうがいいだろうなと凪は思った。店主は凪を気遣っているようで、さして興味がないことはまるわかりである。なじみの店に誰かを連れて行けば、たいてい、そちらはどなた、と聞かれる。けれど店主が聞く気配がないのはもちろん、繕のほうにも紹介するつもりはなさそうだった。つまりそれは、繕が店に女性を連れてくるのが初めてではないということだろうと、凪はあたりをつける。もっと言えば、繕が特定の女性を連れてくることはなく、いつもその顔ぶれは変わるのではないだろうか。

なんてことを邪推しながら、すっかり婚活モードに染まってしまったな、と凪はこっそり苦笑いをした。

この人の目的はなんだろう、と横目で繕をうかがいみる。

悪い人ではない、というのはわかっている。出会った当初のように凪に敵意を向けているわけでもないし、企《たくら》みがあって騙そうというのでもないだろう。だが、凪と本気で結婚したいと考えているわけでもないと確信していた。

「繕さんは以前、結婚したいと思ったことがない、って言ってましたよね。これまで一回たりとも、そういう気にさせられた女性はいなかったんですか」

「心外だな。凪さんとだったら、してみてもいいかもしれない、って言ったじゃないですか」

「そういうの、別にいいですから」

澄まして答える凪に、繕はむしろ愉快そうに口の端をあげる。

「なんでって言われてもなあ。むしろ僕は、みんなが当然のように、いつか結婚するものだと信じきっているほうが不思議です。結婚するしないを、勝ち負けで表現する意味もよくわからない。結婚したら一生安泰ってわけじゃないのは、みんな、わかっているはずでしょう」

「繕さんのおうちは……」

「あ、両親が仲悪かったとか、問題があったとかいうわけではないですよ。一生幸せにやれる人はもちろんいるでしょうし、結婚したければすればいいとも思ってます。ただ僕は、そこに価値を見出せないというだけ。いろいろ制約が増えて、煩わしいだけのような気もするし」

じゃあどうして、と凪が聞く前に繕は続けた。

「でも凪さんとだったら、そういう煩わしさと無縁でいられるかなと思ったんですよね」

「淡白で、他人に干渉しなそうだから？」

「傷つくのも権利って、言ってくれたからかな。僕じゃなくて、希美にだけど」

首をかしげる凪に、繕はやや自虐的に口元をゆがめる。

「変わり者の自覚はあるんですよ、僕。でも変わり者にしては普通っていうか、凡庸っていうか」

「凡庸な変わり者なんて、います？」

「いっぱい、いるでしょう。世間はね、極端に変な奴は放っておいてくれるんです。でもほんのちょっと、いくつかの部分で世間に迎合できない奴のことは我儘だとみなす。で、あれこれ口を出してくるんです。普通はこうする、普通はこうしないって、勝手につくった檻に入れようとする。僕にとって結婚は、そんな檻そのものに見えていました。でも凪さんは、そもそも檻をもたないような気がしたんですよね」

「……それは私も、凡庸な変わり者だから？」

繕は答えなかったけれど、妙にあたたかい微笑は、首肯と同じ意味を持っていた。

「あとはまあ、芙蓉さんにこれだけ信頼されているってことは、悪い人でもないんだろうし」

「疑ってたくせに」

わざとらしく睨めつけると、繕はまいったというように両手をあげた。

「それは、心から反省しています」

「……きのう私がお見合いした人も、そういう感じなんですよね。私とだったら結婚してもいい、って思われたような気がする」

「モテ期ってやつですか」

「そういうことじゃないんです。私がこれまで、芙蓉さんを通じてお会いした方は、希美さんも含めてみなさん、好きになれる人を探していました。大恋愛じゃなくても、ちゃんと互いに好意を寄せあえる人と出会いたい、そうして長い人生を寄り添いあっていきたいと」

たとえそれが、条件ありきで出会った結婚相談所の見合いだったとしても。

好きになれなければ――恋をしなければ結婚できない。したくない。そう思っている人がほとんどだったように思う。

「まあ、それが普通でしょうね」

「でも、お見合い相手も繕さんも、結婚できる相手を消去法的に探しているという感じがします。本当は結婚なんてしたくないけど、するなら私みたいに面倒くさくない女がいい、って」

繕は一瞬、何かを考えるように宙に視線をただよわせたあと、

「自然なことじゃないですか？」

と言った。

「面倒くさくない、というのは確かに聞こえが悪いけれど、誰だって一緒にいて居心地のいい

相手を選びたいじゃないですか」

「そうでしょうか」

「まあ、そういう個人の交友関係に、国の許可を得なくちゃいけないってことが、僕は不条理だなと思いますけどね」

「国の許可」

考えたこともない発想に、凪はぽかんと口を開けてしまう。

「だってそうでしょう。どうして、誰かを好きだという気持ちや、一緒にいたいという欲望を、国に認めてもらわなきゃいけないんですか。認めてもらえないならばそれは正当ではない、とはねのけられなきゃいけないんですか。僕はそのシステムじたいが、癪《しゃく》に障るんです」

やや感情的になった繕の言葉尻をなだめるように、店主がカウンターに一升瓶とグラスを置いた。

「これは加茂錦《かもにしき》の黄水仙《きすいせん》。新潟らしい、米のふくよかさのあるお酒だよ。柚子とあうんじゃないかな。あわせて飲んでみて」

繕の話はいったん忘れて、とくとくとく、と音をたててグラスに酒が注がれる音に耳を傾ける。三人で軽く乾杯したあと、凪はまず、店主に倣って菊の和菓子をつまんでそのままかじりついた。柚子の風味が、ふんわり漂う。それだけで楽しめるのだが、日本酒を一口ふくんで、凪は目を見開いた。炭酸は入っていないはずなのに、舌に小さな刺激が走ったあと、サイダーのような甘みが広がる。和菓子の甘みを打ち消すどころか、より深めてくれる気がする。

「うっま……」

思わずもれた凪の言葉に、店主が笑った。

「うまいよね。黄つながりで、ペアリングできたらいいなと思ったけど、思った以上にあう」

「うん。悪くないと思います」

繕も、納得したようにうなずいている。

店主は、にっと笑った。

「和菓子が甘いから、辛口をあわせればいいってわけでもないんだよね。どっちも中途半端な味になっちゃう。でも、べたっと甘くなりすぎても、問題でしょう。なかなか難しいんだよ、ペアリングって。ふふ、結婚も同じだよね」

やはり聞かれていた、と凪は気恥ずかしさに身を縮ませる。けれど店主は、気にせず続けた。

「お嬢さんは、結婚したい人なの？」

「したい……というか、するものなんだと思っていました。そのほうが、ちゃんとしている感じがするというか……」

「親からうるさく言われたりするんですか」

問う繕の声音に、若干の嫌悪がまじる。そういえば繕は、親たちから希美との結婚を画策されているのだった。繕の性分ではより耐えがたいことだろう。

「結婚しろ、と言われたことはないです。ただ、相手がいないことを心配はされていました。だから結婚が決まったときはものすごく喜ばれたんですけど」

「だめになって、がっかりされた？」

「ただただ心配されています。優しくて、いい人たちなんです。愛情も、とても深くて」

だからこそ、溝を感じてしまうのだ。

たとえば凪の家族は行事や節目を大事にしていて、何かにつけて集まることが多く、兄と姉が結婚したあとも、しょっちゅう一緒に旅行をしたり食事に行ったりする。それが楽しくないわけでも、煩わしいというほどでもないが、凪はいつだって、みんなと同じほどの熱意を持って向き合えない。

そんな凪を、家族はいつも案じていた。誰に対しても淡白でマイペースな凪が、いつか心から好きになれる、素敵な人が現れてくれたらいいねと。

でも、ちがうのだ。凪はどうしたって、みんなと同じようにはできない。したいとも思えないのだということを、誰にも言えずに、黙り続けるしかできなかった。言えば、責められるとわかっていたから。繕と同じだ。凪もまた、凡庸な変わり者で、あの子はしかたないと放っておいてもらえるほどに特別な変わり者ではなかったから。

稜平に結婚しようと言われたときは、うれしいよりもほっとした。これで私は、普通の人と同じように、社会に、家族に、なじむことができる。それが本音だったのだと、ゆうべ平井と話して気づかされた。だからこそ、稜平の浮気がわかったとき、よりいっそう悲しくなったのだということも。やっぱり私にはだめなのだと思い知らされたようだったから。

「贅沢なんです、私。ものすごくいい家族なのに、自分から遠ざけるようなことをしてばかりで」

「愛情の適量は、人によって違いますから」

繕は、肩をすくめた。

「僕の家族も、いい人たちですよ。悪気はないし、愛情もある。だけど、彼らのスタンスは僕に合わない。合わないなりにうまくやっていこうとする僕のことを、冷たいとか、我儘だとか、とやかく言わないでほしいなと思いますね。僕が結婚したくない人間に育ったのは、別に親の責任ではないし、愛していないとも言っていないのに、勝手に否定されたような気持ちになって、とりみだすのはやめてほしい」

でもたぶん、彼らにはわからない。

ああそうか、と凪は思った。その諦めを共有できると思ったから繕は、凪に仮交際を申し込んだのか。

「結婚したいかしたくないか、悩めるだけ、私は羨ましいけどね」

おもむろに、店主が口をはさんだ。

「私は男の人のことを好きになれないからさ。どうしたって、好きな人とは結婚できない」

そう言って、左手の薬指にはめられた銀の指輪を撫でる。

「それでもさ、一緒にいられるだけいいと思っていたのよ。家族に言っても、なかなか受け入れられないかもしれないけど、私が好きな人と幸せに生きている、事実そのものには喜んでくれるんじゃないかなって、楽観的に考えてた」

「喜んで……くれなかったんですか」

「真っ青な顔して、聞きたくなかったって言われて、それでおしまい。今でもそれなりに仲良くはしてるけど、全部、なかったことになってる。……まあ、しかたないよね。あ、同情はしないでね」

言葉を探る凪の気配を察したのか、店主は牽制するように言う。

「彼女とは今も一緒に暮らしているし、その一点さえ伏せておけば、家族との関係も悪くない。なんでもかんでも手には入らないってことだなあ、と納得はしているし、そのわりに私はうまくやれているほうだとも思う。初対面のあなたにこうして軽く話せる程度には、どうでもいいことだと思っている」

でもね、と店主は繕をちらりと見た。

「繕ちゃんの言うことも、もっともだと思う。どうして、私たちの関係を、国や他人様に認めていただくために、頑張らないといけないのかな。そもそも、どうして同性を愛しているっていうだけで、みんながあたりまえに与えられている権利から除外されなきゃいけないのかな」

空になった繕のグラスに、店主は日本酒を注ぎたした。何も言えずにいる凪の、半分になったグラスにも。

「ごめんね、会話に水を差すようなことしちゃって」

店主は、からりと笑った。

「つまりさ、私が言いたいのは、結婚しなきゃいけないなんて思わないほうがいいよ、ってこと。しようがしまいが、なにかと理由をつけてとやかく言ってくる奴はいるから。というのが、あなたよりちょっと年を重ねた先達からのアドバイス」

そう言って、店主は綿毛のような和菓子も一口かじると、あれがいいかな、これがいいかな、とつぶやきながら再び棚に戻っていった。凪も、日本酒で咽喉を潤す。口のなかではじけるように日本酒が広がり、少し気持ちを軽くしてくれる。

「……講釈を垂れるつもりはなかったんですけど」

申し訳なさそうに、繕が言った。

「すみません、酔っぱらったわけでもないのに、面倒くさいことを言って」

「言ってくれてよかったです。繕さんが、何を考えているのか、私には全然わからなかったから」

「あんまり考えすぎないでくれるとありがたいです。本当に、単純に、凪さんと結婚するのもありかな、って思いついただけだから。ついでに、婚活の真似事してみるのもおもしろいかなと、仮交際って言葉を使っただけです」

それは、これまで聞いたなかで、いちばん嘘のない言葉のような気がして、凪は素直にわかりましたとうなずいた。

そのときだった。

「ミカちゃん、来たよお！」

はしゃいだ男の声とともに扉が開いた。

ミカ、と呼ばれた店主は、眉をひそめてふりむく。

「今日は六時からって言ったでしょ！　まだ準備中。見えなかった？」

「えー、いいじゃん。うちらの仲だし、とりあえずお酒飲ませて……よ……」

上機嫌な声が、凪の存在に気づいたとたんに、すぼんだ。

ふりかえった凪も、かたまった。

入り口で立ち尽くしている男には、見覚えがあった。まとう雰囲気はずいぶんとちがうけれど、芙蓉が睡蓮に連れてきた整体師の三浦だ。酒を飲んできたのか少し頬を上気させて、しなだれかかるように隣の男と腕をからませている。

「どうして……」

漏れ出た凪の声は、どちらに向けてつぶやいた言葉だっただろう。しまった、という顔をしている三浦か。

それとも凪を茫然と見つめて、反射的に三浦の手をはらいのけた、相手の男か。

「凪さんこそ、どうしてここに?」

最初に、我に返ったのは相手の男――ゆうべ結婚について凪に熱く語っていた平井だった。

俺は迷惑しているんですよ、こいつに。そんなことを言いたげに三浦を冷淡に押しのけ、薄い笑みをとっさに浮かべる。けれど、凪にはわかってしまった。なぜ三浦が、芙蓉を頼ったのか。なぜ芙蓉が、あんなにも根拠のない三浦の訴えを受けいれ、動こうと思ったのか。

きっと彼女も、わかっていたのだ。最初から、すべて。

「……ごめんね、勇ちゃん。凪さんも」

うなだれる三浦に、平井が目を見開く。

平井が言っていた本当に好きな人とは、三浦のことだったのだろうか。それなのに平井は、本当に凪と、他の女性と、結婚したいと思ったのだろうか。

そんなことをただ、凪はぐるぐると考え続けていた。


三人で、店を出てすぐのコーヒーチェーンに入った。繕は、深く追及することなく、飲んでいるから気にしなくていいよと送り出してくれた。

小さな丸テーブルに並んだ三つのアイスコーヒーは、誰も手をつけることなく、結露した水がしたたり落ちて、底のほうに水たまりをつくっている。

やがて、口を開いたのは三浦だった。

「凪さんに、最初に話したことはほとんど事実なんです。婚活でいい感じの人に出会ったんだーってお客さんが浮かれてて、話を聞いて。ちょっともう、本当にその男大丈夫なのなんて言って、写真を見せてもらって」

声がかすれ、三浦はアイスコーヒーを一気にストローで吸い込んだ。

「想像できる？　それが自分の彼氏だったときの衝撃」

平井は、眉ひとつ動かさない。それどころか三浦を、見ようともしない。

「どっかの公園で撮ったっぽい、グリーンを背景に爽やかな笑顔を浮かべてるやつでさ。ザ・お見合い写真！って感じなの。そういえば、うちから自転車で十分くらいのところに、けっこう大きめの公園あるんだよね。ときどき一緒に散歩するよね。あそこで撮ったんなら、まじ笑えるんだけど」

空笑いする三浦に、つられて凪も思い出していた。平井のプロフィール写真は爽やかで、いかにも好青年といった風貌だった。あまり上手に撮りすぎると実際に会ったときのギャップでがっかりされることも多いから、ほどよくその人のチャームポイントを引き出すのが腕の見せどころなのだと、凪を撮ってくれたカメラマンが言っていた。

プロにメイクをしてもらって、クローゼットの中から引っ張り出してきたパステルカラーのワンピースを着て、指示通りに口角をあげて微笑んでいるところをおさめられた自分は、やはり「ザ・お見合い写真！」というたたずまいで、新鮮だった。人は見た目を大きく変えずとも、派手な加工をしなくても、演出次第でいかようにも印象を変えることができるのだと知った。

目の前にいる平井は、プロフィール写真はもちろんのこと、何度か会ったときの姿とも違っている。三浦ほど派手でもラフでもないけれど、二人が肩を並べる姿は意外なほどにしっくりきていて、おそらく長いつきあいなのだろうと察せられる。

どんな、気持ちだっただろう。膝でぎゅっと拳をにぎる三浦を見て、胸が痛くなる。自分ではない誰かに好かれるために撮影された、恋人の写真を見て、いったいなにを思っただろう。

「笑えるなあ、と思ったけど、ただ笑ってるだけじゃ済まされないよなって、芙蓉さんに相談した。施術中だったのにさ、もう僕、半泣きになっちゃって。だって勇ちゃんとは五年近くもつきあってるんだよ。僕の家で半同棲みたいな状態で、お客さんから写真を見せられた日も、家に帰ったら首まわりだらだらになったスウェット着て、ごはんつくって、僕のこと待ってたんだよ。僕のパートナーとして、家族に紹介したこともある。それなのに結婚とか……相談所に入って婚活とか、意味、わかんないじゃん」

三浦の口調は次第にくだけ、それだけ余裕を失っているのが凪にも伝わってくる。

平井はそれでも、表情を変えるどころか、身じろぎひとつせずに下を向いていた。うつむいているわけでも、うなだれているわけでもない。ただ、三浦とも凪とも目を合わせたくない、というように。

「芙蓉さんはまず、アンケートの結果を調べてくれた。ブルーバードは最近、友情結婚って形も視野に入れ始めて、会員の一人ひとりにどんな結婚を望むか、改めて確認しているんだってね。誰も不幸にしないために、これは必要な手続きなんだって言ってたし、僕もそう思ったよ。でも……勇ちゃんは、恋愛結婚がしたい、って答えてたよね。女の人との恋愛なんて、できないくせに」

「……勝手に、決めつけるなよ」

「だって勇ちゃんが前に言ったんじゃん！　ためしに何人かとつきあってみたけど、無理だった。好きになるふりはできても、どうしてもセ……あれができない、って」

希美と似ている、と聞きながら凪は思った。

だけど希美は、最初からちゃんと、その条件を誰に対しても明かしていた。できないのにできるふりをすることは、互いのためにならないと知っていたから。

三浦の瞳からは、先ほどまでの動揺や悲しみが薄れ、かすかに怒りが宿り始めていた。

「アンケートをとるときに、個人面談もしているはずだから、そこで嘘をついているってことは、仲人さんには隠し通すつもりだろうって言われた。……わかるよ。うかつに、人に言いたくないよね。仲人とはいえ、赤の他人に知られたくないよね。でもさ、だめじゃん。だったら婚活なんてしたら、絶対にだめでしょう？　だから止めてって頼んだの、芙蓉さんに。お願いだからこんなことやめさせて、どんな手段を使ってもいいから、って」

それで凪に、白羽の矢が立った。とりあえず凪との見合いを通じて、結婚が具体化してなお、事実を隠し通そうとするかどうかを確かめようとしたのだ。

「凪さんと勇ちゃんのお見合いがうまくいってる、って聞いたときは複雑だったな。それに……勇ちゃんが本当に凪さんと結婚したくなったらどうしよう、って不安だった。凪さんが仕込みだって知ったら、勇ちゃんは傷つくだろうし。自業自得なんだけど」

ああ、と凪はため息を漏らす。三浦は、本当に平井のことが好きなのだ。そしてたぶん、平井もそれと同じだけの想いを、五年近い月日をかけて、三浦に返してきていたはずだった。それなのにどうして、という思いばかりがふくれあがる。

「友情結婚、という選択肢はなかったんですか」

凪が聞くと、初めて平井は顔をあげた。

「三浦さんがいるのにどうして、とは思うけど……それでもどうしても結婚したい事情が平井さんにはあったんですよね。でも、だったら、友情結婚でもよかったじゃないですか。結婚さえしてしまえば、その経緯が恋愛だろうとそうでなかろうと、ほとんどの人は気にしません。気づくことも、ないと思います。だったら平井さんの事情を最初からちゃんとわかってくれる人と、ひとつでも嘘のない関係を築けたほうがラクじゃないですか」

相手と同じだけの愛情を、どうしても返すことができなくて、疑われて責められることの苦しさを凪はよく知っている。だからこその言葉だったが、平井は鼻で笑うだけだった。

「なんでそんなこと、しなくちゃいけないんですか」

それは、数度の面会では見せたことのない、侮蔑の色をのせた表情だった。

「体の関係なんて、どうせ何年かしたらなくなる。子どもができるまでの辛抱ですよ。期限つきなら、朝の生理現象とか薬とか使ってどうにかすることもできる。わざわざ、俺の弱みを晒す必要、ありますか?」

「弱みって……一生を一緒に過ごす人のことでしょう?」

「耐えきれなかったら別れたらいいんです。俺は稼ぎもあるし、実家も頼れる。母親がいなくても子どもは育てられるんだから」

言葉が、出なかった。

何を言っていいかわからず、平井をまじまじと見返すことしかできない。

――俺はね、子どもが欲しいんですよ。

――家族! って感じがしない?

――でも本当は、めちゃくちゃ好きな人とだったら、何でもいいんだけどね。

平井の言葉が、ただただ頭の中を、かけめぐる。

深いため息をあてつけのように吐いて、平井はストローも使わずにアイスコーヒーを一気に飲み干した。

「凪さんには、悪かったと思っています。でもあなたも、俺を騙していたんだからおあいこですよね。痛み分けということにしましょう。あと、ブルーバードもやめます。こうなっては、誰も紹介してもらえないでしょうから。芙蓉さんとやらにもよろしく伝えておいてください」

吐き捨てるように言うと、平井はグラスをもったまま立ち上がった。乱暴な足取りで返却棚に行くとグラスを置き、ふりかえることなくまっすぐ店を出ていく。最後まで、三浦のことは一瞥もしない。

「もう終わりかなー」

三浦は、長く深い息をやるせなさそうに吐くと、背もたれによりかかった。

「あっさりしたもんだね。こんなに長く続いたの、お互い、初めてだったんだけどなー」

「……ちょっと、ごめんなさい。よく、わからないです」

凪は、うろたえることしかできなかった。

「なんでそんなに、結婚したかったんでしょうか。耐えきれなかったら別れたらいい、って。その程度の相手と、三浦さんと別れてまで」

「別れる気は、なかったと思うよ」

「え」

「たぶん、こっそり、関係は続けるつもりだったんじゃないかな。僕も……本当に好きなのはお前だけだとか言われて突き放せるほど、強くいられた自信はないしね。はは、不倫男の常套句じゃんね。ドラマみたいで、超最悪。ほんと……くそったれだよ」

戸惑いを隠せずにいる凪に、なぜか三浦は、あわれむようなまなざしを向ける。凪さんにはわかんないのかな、と言われたようで、胸に刺すような痛みが走る。

一瞬黙り込んだあと、三浦は独り言のように語りだした。

「勇ちゃんってさあ、すごいんだよ。ちっちゃいころから勉強も運動もできて、大学も超有名なとこだし、二十代のころからバリバリ稼いで。お父さんが早くに亡くなってるから、お母さんをラクさせてあげたくて、仕送りもして。自分は子どもをもてないだろうからって、お姉さんの子どものために積立貯金までしてるの。いけてるよね、そんなの聞いて好きにならない人いる？」

「子どもをもてないって、諦めてたんですか」

「ていうか、欲しくても無理だってこと、昔はちゃあんとわかってたんだよ。あ、僕たち、つきあって五年だけど、その前にけっこう長いこと友達やってたからさ、事情はよく知ってんの。勇ちゃんのお母さんが、うちのことはいいから、はやくあなたもいい人見つけて幸せな家庭を築きなさいね、って言い続けているのも知ってた。それだけがお母さんの望みなの、って」

優しい母親なのだろう、と凪は思う。

家族思いで優しい息子を、心から愛して、案じている。

「お母さんね、無邪気に言うの。お姉ちゃんとこの子もかわいいけど、勇ちゃんの子どもも見たいなあ、って。お母さんさ、本気で不思議がってるんだよ。うちの子はハンサムで気立てがよくて、こんなにも優しいのに放っておくなんて世間の女の子はいったいなにをしてるの？　今の子ってそんなに我儘なの？　って。僕、たいていのことはハッキリ空気読まずに言うけど、さすがにこれは何も言えないよ。だって、しょうがないじゃん。お母さんの頭のなかに、ないんだもん。息子が女の人に興味をもてない可能性なんて。そもそも子どもをつくることすらできないなんて」

「……つらいですね」

「つらいよう。地獄だよう。お母さん、本当にただのいい人なんだもん。勇ちゃんも、そういうお母さんのことが誰より大事で、大好きなんだもん」

　互いに、深い愛情で結びついていることは、疑いようがない。でもだからといって、平井の母親が真実を受け止められるとは限らないのだろう。バーの店主、ミカの家族がそうであったように。平井も、無理だとわかっているから、婚活する道を選ぶことにした。

「そうだね、いい出会いがあるといいな、って電話口で答える勇ちゃんの、歪んだ笑顔を見ながらいっつも思ってた。僕ができる限りの幸せをこの人に与えてあげよう、結婚も子どもも、お母さんのことすらどうでもよくなるくらい愛してあげよう、って。まあ、無駄だったんだけどね。勇ちゃんのお母さんの期待に応えたいって気持ちには、勝てなかったってことだよね」

　そんなことない、と言いたかったけれど、凪には言えなかった。そんな言葉は、空疎に響くだけで、三浦を救いはしない。

三浦は、姿勢を正した。

「でもだからって、ちゃんと愛し愛される結婚をしたいと思っている女の人を、なんの関係もない人を、騙すような真似をしちゃだめだと、僕は思う。僕、けっこう女友達が多くてさ、よく聞くんだよね、子どもが生まれてからレスになってつらい、って悩み。どうしたら旦那がその気になってくれるだろうって下着を変えたりダイエットしたり化粧を頑張ってみたり、いっぱい努力してるのにふりむいてくれないって泣く女の子たちも、たくさん見てきた。勇ちゃんのことは大好きだし、傷つけたくもなかったけど……でも、僕のお客さんにも、悲しい思いをしてほしくないって思ったんだ」

三浦は、天を仰ぐ。

ごめんね、と言ってそのまま言葉を詰まらせ、黙り込んだ彼の感情がおさまるのを、凪は静かに待つしかできなかった。


戻って日本酒を飲み直す気分にはなれず、繕にメッセージで詫びを入れると、凪はそのまま駅に向かった。カフェで数時間も過ごした気分だったが、一時間も経っていなかったらしく、西日のまばゆさに凪は目を細めた。夏の盛りは過ぎたけれど、コンクリートに照り返された太陽の熱が濃密に漂った道は、歩いているだけで気分が悪くなってしまう。自販機で炭酸水を買い、影のある横道で休みながら、芙蓉になんと報告したものか考えているとスマホが震えた。

芙蓉だった。

「三浦くんから聞いた。あなた、今どこにいるの？」

「四ツ谷の駅まで歩いているところです」

「ちょうどいいわ。私も、そのあたりにいるの。店の住所を送るから、いらっしゃい」

聞き返すまもなく切られ、すぐさまメッセージが届く。地図で見ると、凪が今いるところから歩いて五分くらいだ。逆らう理由もなく、凪は重い足取りで店に向かう。

指定の店もビルの地下にあったけれど、こちらはバーというよりはスナックに近いたたずまいだ。看板に書かれた「La Vie en Rose」という店名に小さくライブハウスと文字が添えてある。「La Vie en Rose」とは確か、日本語で「バラ色の人生」。それもまたエディット・ピアフの歌ではなかったか。

すりガラスのはめられたドアを開けると、最初に目に入ったのはマイクスタンドの置かれたステージだった。ステージを囲むように設置された客席を、口ひげをはやし蝶ネクタイを結んだ白髪の男が丁寧に拭いている。

芙蓉はカウンターで一人、酒を飲んでいた。ジーンズにシャツというラフな格好なのに、妙に様になっている。

「三浦くんも誘ってみたけど、断られちゃった」

「こんな時間から、ウイスキーですか」

「こんな時間から飲むから、最高なんじゃないの。あなたも飲む？　特別に私のボトルを飲ませてあげるわよ」

結構です、と答えかけて、やめる。じゃあお願いします、と隣に腰かけると、男が掃除の手をとめてカウンターの中に入る。手をすすぎ、凪の目の前に置いてくれたそのボトルのラベルにはBOWMOREと書かれていた。琥珀色の中身に、胸がきゅっと痛む。

「飲み方は、どうなさいますか」

「おすすめは、なんですか」

「私はストレートで飲むのが好きですが、飲み慣れていないようでしたら、トワイスアップもいいと思いますよ。常温の水で、二倍に希釈します」

「ストレートで、お願いします」

かしこまりました、と男は微笑む。芙蓉は何も言わなかった。

出されたグラスに鼻を近づけると、強いアルコール臭にむせそうになる。慣れていない、どころかハイボール以外でウイスキーを飲むのは初めてだった。唇にウイスキーが触れるだけで、びりびりとした感触が広がる。舌にのせると、凪は反射でぎゅっと目をつむった。けれどそのあとに、ふわっと、ほのかに潮の香りが漂う。もう一口、今度は舌のうえでウイスキーを躍らせるように味わう。おいしい、ような気がする。

「クセになるでしょう。一九七〇年のボウモアはものすごく貴重なのよ。一杯いくらするか、教えてあげましょうか」

「聞きたくないです」

「芙蓉さんも特別なときにしかお出しにならないんですよ。でも今日はあなたが来るからと」

「セイちゃん、野暮なことを言わないの」

「これは失礼いたしました。……私は開店準備に戻りますので、どうぞお二人はごゆっくりなさってくださいね」

そう言って、セイちゃんと呼ばれた男は、ふたたび布巾を持って客席に戻る。芙蓉は、ウイスキーグラスをかたむけ、妙に艶っぽい息を吐いた。

「あなたには、悪いことをしてしまったわね。後味の悪いことになって申し訳なかったと思ってる」

「そんな……ことは」

「今回ばっかりは、私もどうしたらいいのかわからなかったの。同性の恋人がいるからって、それだけで結婚してはいけない理由にならないし」

「でも平井さんは……隠し通すつもりだったみたいですから。結婚していたら、きっと苦しんだと思います。結婚相手も、平井さん自身も」

言いながら、わからない、と凪は思った。自分がもし平井と結婚していたら、あんがい、うまくやれたのかもしれない。凪でなくても、凪と似たタイプの女性と出会えていたら、平井の望む幸せな家庭を築く未来もあったかもしれない。その希望の芽を無関係な凪が勝手にもぎとってよかったのか——考えて、首を振る。けれどやっぱり、その何倍も、誰かが苦しむ可能性のほうが高いような気がしてしまう。

「けっこう多いらしいのよね、今回のようなケースは。夫の浮気を疑って、調査を依頼したら相手が男だった……ってことも、珍しくないみたい」

そういえば、と凪も思い出す。おしどり夫婦といわれていた芸能人が、実は偽装結婚だったと明かされ、騒がれていたのをニュースで見たことがある。同性しか愛せない夫が、妻を騙して結婚したことを責める声が、そのときも多かったと記憶している。だけど、と先ほどよりも深くウイスキーを味わいながら凪はつぶやく。

「だったら、禁止しなければいいのに」

そもそも同性同士で結婚することがあたりまえの世の中なら、それは起きていないはずの悲劇なのだ。なぜその夫が、平井が、自分も周囲も偽ってまで結婚しようと思い至ったのか。その原因のほうにこそ、目を向けなければいけないのではないか。

——凡庸な変わり者。

たった一点を除いては、ごくごく普通の人だから。その一点を認めようとするのではなく、排除しようとするのはいったい、なぜなのか。

「同性婚を禁じた先で、騙されて傷つくのは自分の大切な娘や友人かもしれないのにね」

芙蓉は静かに言った。

「みんな気づいていないのよ。そんなの普通じゃない、と誰かに放った責めの呪縛は、いずれ自分自身だけでなく、自分の大切な誰かにかえってくるかもしれない、ってことに」

私もそうだった、と芙蓉は消え入りそうな声で言った。

どういうことですか、と問う前に芙蓉はいつものように朗らかな笑みを浮かべる。

「いずれにせよ、ここからはうちの問題だから。平井さんには直接、連絡をしてみるわ。話し合いは拒否されるかもしれないけれど……このまま退会させるだけじゃ、なにも解決しないでしょうからね。彼はよくなかったと思うけど、でも、三浦くんの大事な人だもの。三浦くんにはいつも、ばかみたいにうるさくおしゃべりして笑っていてほしいのよ、私」

そうですね、と凪は笑んだ。

芙蓉の言葉の意味はいずれわかる日が来るだろう、となんとなく思った。それよりも今は、三浦と平井が二人で生きていく道を探していけたらいいのになあ、と願う。もう一口飲んだウイスキーは、くせの強い潮の香りの奥に、ほのかな甘みが広がった。

# 第四話

その日、凪は、迷子犬のような男性を拾ってしまった。

土曜の昼過ぎのことだ。出かけようとビルの一階まで降りた凪は、睡蓮の前を行きすぎては戻り、また踵を返しては戻ってくるをくりかえしている男性がいることに気がついた。その瞬間、男性はふらりとその場にへたりこむ。九月とはいえ、残暑と呼ぶには厳しすぎる日差しが照り返す、日陰のないアスファルトの道である。とっさに駆け寄って日傘を彼の肩にたてかけた凪は、睡蓮に飛びこみ、マスターを呼んだ。

「熱中症かも。中に入れてあげてもいいですか」

凪に言われて店の外を見やったマスターは、一も二もなく飛び出していく。男性に肩を貸して店に運び込むのを見てほっとすると、凪は日傘をたたんだ。ほんの数秒なのに、布の表面が熱い。帽子もかぶらず、道をうろうろしていたら気分が悪くなるのもあたりまえである。

店の奥、冷房の風が直接あたることはないけれど、いちばん涼しい穴場の席があいていた。マスターがそっと男性を座らせると、見計らったように店員が赤紫の液体が入ったグラスを運んでくる。赤紫蘇のジュースだ。

「見た目にぎょっとするかもしれないけど、クエン酸も入っているし、甘みもあるし、飲むといいですよ」

男性はうなずくとグラスを手にとった。ちびり、ちびりと飲み始める彼の口から、安堵するような息が漏れる。それを見て、マスターも凪も、店員の若い男の子も、ほっと肩の力を抜く。

「このあいだ、凪さんからいただいたものを、僕なりに再現してみたんですよ」

マスターが凪をふりかえって言った。

あまりに暑さの厳しい日、マスターの顔色が悪かったので、凪が差し入れたのだった。

「量がないから、お客さんには出してないけど、疲れがとれるので、僕たちが休憩時間とかに飲むようにしているんですよね。来年はメニューに加えようと思っています」

「思いがけずお役に立てたみたいで、よかったです」

いつのまにか奥に引っ込んでいた店員が戻ってきて、凪のぶんと二つ、氷の入った水のグラスを運んできてくれる。男性には、梅干しを載せた豆皿も。

「気にせず、ゆっくりしていってください。凪さんも、なにか飲みますか」

「あ、じゃあ……自家製のレモンソーダを」

すっかり、なじみ客になっているのを実感する。

不思議な気持ちだった。これまでの人生で、店員に名前を覚えてもらったことは一度もないし、見ず知らずの他人を積極的に助けたこともない。いつも凪より先に誰かが手を差し伸べていたし、無視できない何かに遭遇したとしても、近所の交番や駅員といった、そういう役目を負う人たちに声をかけるくらいだった。それなのに今、凪は、出かける予定を中断して名前も知らない男性の向かいに座り、様子を見守っている。

男性の顔から少しずつ火照りが引き、ようやく、ありがとうございますとかすれた声が漏れた。

「ご迷惑、おかけしました。あの……あなたのぶんも、僕がお支払いさせていただきますので」

「気にしないでください。それより、間違っていたら申し訳ないんですけど、もしかしてブルーバードに行こうとしていました？」

男性が、目を見張る。

「どうしてわかったんですか」

「ときどき、入るのをためらっている人がいるので」

あんなにも盛大に迷ってうろうろしているのを見るのは初めてだったが、結婚相談所に行くこと自体にためらいを覚える人は少なくないらしい。男性は、気まずそうに口をすぼめた。

「ブルーバードの方だったんですね。なんだかほんとに、すみません」

「あ、いいえ、部外者……ではないですけど、関係者というほどでもないというか。ブルーバードには、よろず相談窓口というか、アフターケアというか、仲人さん以外に話を聞いてくださる方がいるんです。その人のお手伝いをときどきしている、というだけで」

「あ、口コミで見かけました。ものすごく親身に話を聞いてくれて、頼りになるおばあさんがいるって」

その言葉に、凪は自分でも驚くほど、かちんとくるものを感じた。

「おばあさんではないです。確かに孫がいてもおかしくない年齢だけど、でも、軽々しくおばあさんなんて呼ばれたくはありません」

急に声色がかたくなった凪に、すみません、と男性は身をすくませる。凪もはっとして、すみませんどうでもいいことを、と言いかけてやめた。全然、どうでもよくはない。

男性は赤紫蘇ジュースを飲み干して、深い息をついた。

「そうですよね。僕の母は還暦を過ぎているけど、知らない人からおばあさんとかおばさんとか言われたら、ちょっとイラっとするかも。あの……落ち着いてきたので、改めて飲み物を頼んでもいいですか。それ、すごくおいしそうだから、僕も飲みたいです」

ちょうど運ばれてきたレモンソーダを見て、男性は注文する。

なんとなく、一緒にお茶をする空気ができあがっていた。とりつくろう元気も抜けたのか、凪に話を聞いてもらいたそうにも見えた。芙蓉を呼ぶべきだろうか、と迷いながら、とりあえず耳を傾けることにする。

安達和也《あだちかずや》、と彼は名乗った。三十二歳の銀行員。三年半つきあっている恋人がいて、同棲して一年になるが、結婚したいという気持ちが薄れてきたという。そんなとき、友人に紹介されたブルーバードに興味をもち、一度話を聞いてみようと思ったものの、まだ別れるふんぎりもついていない状態で不誠実なのではないか、いやしかし相談するだけならと葛藤し続けた結果、暑さにやられてしまったというわけだった。

「一言でいえば、ずぼらなんですよね、彼女」

レモンソーダをすすりながら、安達は言った。

「フリーのイラストレーターで、在宅の仕事で、スケジュールも不規則だから、仕方ないと言えば仕方ないんだけど、いろんなものが、やったらやりっぱなし。注意しても、あとでと言って放置したまま忘れる。寝たいときに寝て起きたいときに起きるから、つきあいたてのころから僕との約束に遅刻することもめちゃくちゃ多くて」

だからフリーランスで仕事をしているのだ、ともいえるし、仕事にせよ本を読んでいるときにせよ、集中したらそれ以外の一切が耳に入らなくなる彼女の姿勢に、安達は憧れてもいた。依頼にあわせて作風を変え、ＳＮＳではオリジナルキャラクターのマンガを描き、それなりに注目されている。オリジナリティとバランス感覚を兼ねそなえた彼女の仕事ぶりを、尊敬してもいた。

欠点が目につくようになったのは、やはり一緒に暮らし始めてからだ。

「なんていうか……思いやりがないんだな、って。たとえば僕が高熱を出して寝込むとするじゃないですか。大変だねえ、大丈夫？　と聞いてくれはするし、頼めば薬も持ってきてくれるんですけど、作業に集中しているときだと、あからさまに面倒くさそうな顔をされるんです。しかたないなあ、って態度で看病されるの、けっこう傷つくじゃないですか」

「まあ、いい気持ちはしないですよね」

「体調が悪いのは僕なんだから、自分が何をしてもしょうがないと思っているみたいなんですよね。それはそうかもしれないけど、なんかこう、寄り添う姿勢があってもいいじゃないですか。トイレに行くのもしんどそうにしているんだから」

「逆に、彼女の体調が悪いときは、どうなんですか？」

「もちろん、僕が看病しますよ。何が必要なのか、足りないものがないか、言われなくても用意して、できるだけ安静に休んでてもらえる状況を整えます」

「あ、それはそうだと思うんですけど、安達さんがどうしても何もできないとき、彼女はどういう態度なのかなって」

そんな状況はない、と言いたげな表情を一瞬見せたあと、思い直したのか、安達は複雑そうな表情を浮かべた。

「そういえば、何も言わないですね。というか、体調が悪いことすら、申告してこないことが多いです。部屋から出てこないなと思っていたら、何日も熱を出して寝ていたとか」

「じゃあ、しょうがないんじゃないでしょうか」

凪の言葉に、安達は眉をひそめた。

「たぶん彼女、看病してもらいたいと思わない人なんですよ。だから、看病してあげなきゃという気持ちも湧かない。それは、思いやりがないというのとは、違うんじゃないでしょうか」

「えっ、でも普通、愛情があったら」

「あっても関係ないのが、彼女の普通なんでしょう。ただ、安達さんがそう思ってしまうのも、しかたのないことだと思いますけど」

言いながら、稜平もこんな気持ちだったのだろう、と思い返す。

たぶん安達も、何度か訴えかけているはずだ。具合の悪いときは手を差し伸べてほしい、心配する姿勢を見せてほしいと。だけどたぶん、彼女にはピンとこない。わかった、と答えはするし、もしかしたら彼女なりに努力しているのかもしれないけれど、どうすればいいのかわからないのではないか。

凪も、努力はしていた。「ラブラブ　カップル　秘訣」「彼女　してもらってうれしい」といった検索を重ねて、世の恋人たちがどのようなふるまいをしているのか懸命に学びとろうとした。そしてそれを、凪のできる限りで実践していたつもりだった。

でも、足りなかった。

いつまでたっても、彼の及第点には達しなかった。無理しなくていいよと、突き放すように苦笑されることすらあった。

できないものは、できない。多くの人が努力でカバーできることが、その何倍もの努力をしたところで、半分も達せられない。そういうことは、きっとある。だけど、同じことを頑張ればできてしまう人にはきっと、その姿は努力不足に映ってしまう。そして思うのだ。自分は大事にされていない。必死になって努力しようと思えるほど、愛されてはいないのだと。

「……ひどい彼女だなって」

安達は、ぽつりとつぶやいた。

「友達に愚痴ったら、冷たいとか、女の子なのにとか、いろいろ言われて。僕もそうだよな、さすがにちょっとひどいよなって思うようになって」

「女の子なのに、は関係なくないですか。ずぼらなのも、看病してくれないのも、もしそれが男性だとしても、いやな人はいやだと思います」

「そう……ですよね……」

「でも、好きだから迷っているんですよね？　もういいや、別れて別の人を探そう、って思いきれない理由があるんじゃないですか」

安達は、黙りこんだ。彼女との思い出を、頭のなかで反芻《はんすう》するように。

やがてふっと、口元をゆるめた。

「楽しい、んです。彼女と過ごす時間は、とても。好奇心旺盛でアクティブだから、僕の知らない世界に連れて行ってくれるし、確かにルーズな性格だけど、そのぶん僕の失敗もおおらかに受け止めてくれる。喧嘩しても次の日にはけろりとしているし、これまでつきあってきた誰よりも居心地がいい。でも……子どもができたら、と思うと、彼女に任せられるだろうかと不安で」

「彼女に任せる前提なんですか？」

「あ、いや、僕も育休とかはとるつもりですけど……でも正直、今の状態ですでに、僕は手いっぱいで。彼女は料理が得意じゃないし、洗濯物もすぐにためちゃうし、ゴミ捨てとかも曜日を守れないから、家事のほとんどは僕がやっているんです。そのうえ赤ん坊の世話まで僕がメインとなると、残業の多い今の部署からは異動しなきゃいけないでしょう。そうすれば給料は下がるし、正直、ずっと希望していた部署なので、できれば避けたくて……」

「……安達さんは、子どもが欲しいんですね」

はっとしたように、安達は顔をあげた。

「初対面の私に、えらそうなことは言えないですけど。でも……彼女と一緒にいたいのか、それとも子どものいる家庭を築きたいのか、まずはご自分の気持ちを見極めたほうがいいんじゃないですか。両方手に入れたいならきっと、別の何かを削らなくちゃいけない」

きっと芙蓉なら、そんなことを言うのではないかと凪は思うのだった。

短い期間だけれど、芙蓉の手伝いをするうちに、わかってきたことがある。どんな結婚をしたいかは、どう生きていきたいかと同じだ。性的なことを頻繁にしたいのか、したくないのか。自分を偽ってでも既婚者の肩書を手に入れたいのか、それともまわりの目など気にせず堂々と結婚しない自分のまま生きていくのか。そのどこにも、正解はない。だからこそ自分で肚《はら》をくくって決めるしかない。そうでなければきっと、自分のことも相手のことも不幸にしてしまう。

それは凪自身が漫然と、結婚という実績を手に入れようとしていた側だから思うことだった。

「もしご希望なら、芙蓉さん……相談窓口の方か、ブルーバードの入会面談か、おつなぎすることはできると思います。とりあえず今日の予定、聞いてみますか?」

「あ、いえ、大丈夫です。結木さんとお話ししたら、ちょっと落ち着きました」

安達は、深々と頭をさげた。

あけすけにものを言いすぎたのではないかと、内心、不安だった凪も、最初よりはやわらいだ彼の表情を見てほっとする。

「安達さんのお名前は、芙蓉さんにもブルーバードにもお伝えしておきます。どちらに相談するにせよ、SNSかWEBから問い合わせるといいと思いますよ」

ありがとうございます、ともう一度頭を下げた安達は、さりげなく二人分の伝票を持って立ちあがる。迷ったが、今日のところは厚意を受けとることにした。

時計を見れば、午後二時を過ぎている。これからがいちばん、暑い時間帯だ。出かけるのはあとまわしにすることにして、凪は部屋に戻った。芙蓉に報告しなければ、と。

「その恋人との結婚は、やめておいたほうがいいんじゃないかしらね」

ちょうど出かけるところだったらしい芙蓉は、凪が連絡をするとすぐにやってきた。そして、一部始終を聞きおえると、珍しく強い口調で断言する。

「凪さんの言うこともわかる。どんなに努力したって、できないものはできない。思いやりがないのとも、また違う。でもだからこそ、安達さんがどれだけ努力したって無駄なんじゃないかしら。二人の問題は、どうしたって根本的には解決できない」

らしくないきつい物言いに、凪が戸惑っていると、芙蓉はバツが悪そうに目を伏せる。

「やあね、こう暑いと、無駄にいらいらしちゃって」

凪は黙って、グラスに赤紫蘇ジュースを注いで出した。マスターに差し入れたのと同じものである。突然現れた赤紫色の液体を、芙蓉は怪訝そうに見つめる。

「なあに、これ。ざくろ酢かなにか？」

「赤紫蘇です。ビタミン豊富で、夏バテにきくんですよ。二日酔いにも」

「さっぱりと甘くておいしいわね。酸味も効いてる」

「子どもの頃から毎年、夏になると田舎の祖母がつくって送ってくれるんです。今年は初めて、自分でつくってみました。葉を買い込んできて煮出すのがけっこうめんどくさいんですけど、なしで夏を過ごすのは、落ち着かなくて」

「赤紫蘇ってスーパーでも見たことないけど、気にしたことがないだけかしら」

「出回る時期が短いですからね。保存状態がよければ半年はもつんですけど、暑いと飲んじゃうから、すぐになくなっちゃうんです。今年は、あんまりたくさんつくれなかったし……」

芙蓉は、ようやく茶目っ気を取り戻したように、凪を軽く睨んだ。

「だから今の今まで、私に飲ませてくれたことがなかったのね。ひどいわ、こんなにおいしいものを独り占めしていたなんて」

「単に、機会がなかっただけですよ。それに芙蓉さん、甘い飲み物はそんなに好きじゃないでしょう」

「それはそう。でもこれは好きよ。来年もつくったら、真っ先に飲ませてちょうだい」

来年、と凪は口のなかだけでつぶやく。

一年後の夏もこうして凪は、芙蓉と一緒の時間を過ごしているのだろうか。そうであればいい、と願う気持ちと、どこか現実味の湧かない落ち着かなさが入り混じる。

ゆっくり一口ずつ、体に染み渡らせるように飲んでいた芙蓉が、やがて言った。

「私の夫はね、安達さんの恋人とよく似たタイプだったわ」

「でも……会社を経営されていたんですよね？　ルーズなタイプには、つとまらないんじゃ」

「そうでもないわよ。秘書とか、管理してくれる人が大勢いるし。それに、仕事が大好きな人だったからね。自分がこれと決めたものに対しては、どこまでも頑張れるのよ。そうじゃないことには、ちっとも気が回らないけど」

芙蓉はダイニングテーブルに肘をついて、ため息をついた。

「仕事なら、できるの。最低限の気遣いや、安達さんの言うところの思いやりというやつも。やらなきゃ結果的に自分が損をするってわかっているからね。でも、身近な人に対しては、てんでだめ」

「でも……家族に対しては、みんなそんなものじゃないですか。甘えてしまって、つい蔑《ないがし》ろにしてしまうことって、あるじゃないですか。よくないけど」

「そうね。私もよく言われた。とくに男の人は気が利かなくて当然。うちだって同じよってみんな口を揃えて言うのよね。でも……何かが違うの。夫の気の利かなさと、他の人たちのそれと、同じようで同じじゃない。その違和感をうまく説明できないから、誰も理解してはくれない。むしろ私が我儘を言っているように思われるのよ。暴力をふるうわけでもない、浮気もたぶんしていないし、何より稼ぎがある。そんな夫を大事に立てなきゃばちがあたるって」

見たことのない陰りのある表情を浮かべる芙蓉に、凪はやっぱり、かける言葉を見つけられない。これまでたくさん芙蓉の言葉に救われてきたのに、恩を返すなら今だと思うのに、気休めになるような言葉は、一言も。

「カサンドラ、って人がいたんですって。ギリシャ神話に登場する、王女さま」

凪に語りかけているようで、芙蓉は凪を見ていなかった。グラスを握りしめながら、遠いどこかをぼんやり見つめ続ける。

「太陽神アポロンの恋人になるかわりに、予言の能力を授けられたはいいけど、その能力のせいで、アポロンに捨てられる未来が見えてしまった。だから恋人になることを拒絶したのに、激怒したアポロンは、この先誰もカサンドラの予言を信じないように呪いをかけた。……ひどい話。どれほどの孤独だったでしょうね、誰も自分の言葉をまともにとりあってくれないというのは。主張すればするほど否定されて、おかしいのはお前のほうだと言われて」

言われたんですか、芙蓉さんも。

その好奇心をぐっとこらえて、かわりに聞く。

「だから芙蓉さんは、みんなの相談に乗っているんですか。誰も、孤独にしないために」

芙蓉はようやく、凪のほうを向いて笑った。

「そんなかっこいい話じゃないわよ。前にも言ったでしょう、ただの道楽」

その言葉をあっさり信じるほど、凪も騙されやすくはない。

けれどただ、そうですかと答えるにとどめた。もう一杯どうですか、お湯割りもソーダ割りもおいしいですよと赤紫蘇ジュースを勧めたけれど、いつにない力のなさで、芙蓉は首を横に振った。

いつもの趣味の集まりに、芙蓉が出かけるのと一緒に、凪も家を出た。行き先は、繕が和菓子を売るイベントをしているという、近所の貸しスペースだ。ついでに寄っていかないかと芙蓉も誘ったが、

「繕ちゃんのイベントはいつも混んでるから、またにするわ」

とあっさり断られた。それにしても、今日のようにコンディションがよくなさそうな日でも必ず出かける集まりとはいったい、なんなのか。聞いてもふふんと笑うだけで、詳しいことは教えてくれない。でも別れ際、またエディット・ピアフの鼻歌を奏でていたので、場所は四ツ谷のあの店なのではないかと推察する。友人たちと高いウイスキーを開ける会でも催しているのだろうか。でもだとしたら、隠す理由はない。芙蓉は基本的に壁のない人だけど、夫のことも含めて、知らないことばかりだなと凪は思った。面倒見のいい似たもの夫婦だと勝手に思い込んでいた自分が、恥ずかしくなる。

貸しスペースは、家から歩いて十五分もしない場所にあった。商店街の細い横道を入り込んだところにひっそりとたたずむ、二階建ての古びた一軒家。田舎の、祖母の家に雰囲気が似ていて、初めて来る場所なのに懐かしい心地がする。入り口の木戸は開けっ放しで、中に入るとほんのり茶を沸かしているにおいがした。

「凪さん、いらっしゃい」

呼ばれて顔をあげると、入ってすぐ隣にあるカウンター式のキッチンに繕が立っていた。靴をぬいで、段差をあがると木目の床がぎいと沈む。その感覚もなぜか、どこか、懐かしい。

「よかったら、お菓子を見ていってください。二階で食べることもできますよ。飲み物も、注文できます」

カウンター前に置かれたガラス張りの棚に、繕の和菓子は陳列されていた。繕のつくるものはどれも、シックで落ち着いた色合いのものが多かったが――先日の菊を模した練り切りもパステル調の黄色だった――中央に置かれた菓子は鮮やかな紅と橙で彩られている。太陽みたい、と思って並んだ名札を見ると、ひらがなで〝あまてらす〟と書かれている。

その隣には、手のひらサイズの小さなどら焼きと、ガラスのようなきらめきを見せる、透きとおった水色の菓子のつめあわせ。琥珀糖、というらしい。

「琥珀糖、というのはこのあいだ食べた〝したたり〟とは関係ないですよね。あれも確か、琥珀羹って」

キッチンから出てきた繕に聞く。

白いエプロンを腰に巻いているのも、新鮮だった。

「原料は同じ寒天だけど、こっちはかじると外側がカリカリしていて不思議な食感がしますよ。イメージとしては金平糖に近いかな。金平糖は、ザラメと糖蜜でつくるから、全然違うっちゃ違うんだけど……。常温で日持ちするから、仕事の合間のおやつにでもどうぞ」

「全種類、ひとつずついただきます」

「お、上客ですね。全部、持ち帰ります？」

「席があいているなら、この〝あまてらす〟だけ食べていきます。飲み物は……ほうじ茶のいい匂いがしていますね」

「さすがですね。でも、僕のおすすめは冷たい抹茶なんですよ。ちょっと甘みがあって今日みたいに暑い日にはぴったり。生菓子と上手に調和するよう、僕がシロップをつくりました」

それを聞いて頼まないわけがない。ついでに、そのシロップも販売していると聞いて、お会計に加えてもらう。繕は口元をほころばせた。

「買うかどうかは、飲んでから判断してもいいんですよ」

「繕さんの手からなるものが、私の舌にあわないわけがないので」

「ごひいきに、ありがとうございます。じゃあ、二階で待っててください。僕も休憩をもらうので、せっかくだから一緒にお茶しましょう」

階段をあがりながら、繕と自然に話せたことにホッとしていた。会うのは、日本酒バーで別れて以来。事情も、ほとんど説明していないままだ。何事もなかったかのように接してくれる、繕の心遣いがありがたかった。

二階には、小さなちゃぶ台が四つ並べられていた。先客は、年配の男女が一組。隅に重ねられていた座布団を二つ手にとり、彼らからいちばん遠いちゃぶ台の前に並べる。壁には、大小さまざまな油画が飾られていて、そのうちの一つは〝あまてらす〟によく似ていた。

配色も構図も観るものを圧する力強さがあるのに、心の隙間にすべりこんでくる穏やかさもあって、眺めるだけで心が安らぐ。

「いい絵でしょう。それがいちばん好きなんです」

やってきた繕が、凪の前に和菓子と冷抹茶を並べる。比べてみると、繕の〝あまてらす〟がこの絵をモチーフにしたことは明らかだった。

「こういうお仕事もするんですね」

「僕に絵は描けないし、色遣いのセンスもないですからね。そこからインスピレーションを得て和菓子をつくる、っていうのは、難しいけどおもしろい」

座布団の上であぐらをかいて、ああ疲れた、と繕は腕を伸ばす。今が空いているのはピークを越えたからで、売り切れては困ると朝のうちに多くの客が押し寄せたのだという。予定どおり昼すぎに来ていたら、入れなかったかもしれないと。

「こう見えて、僕はけっこう人気者なんですよ。SNSのフォロワーは千人ちょっとしかいませんけど」

「千人もの人が繕さんの和菓子に惹かれているって、すごいことじゃないですか。ちょっと、っていうかだいぶ、羨ましいです。私には、これといった特技もないから」

「そう？　凪さん、お茶を淹れるの上手じゃないですか」

「上手ってほどじゃ……あれくらい誰でもできます」

「そうかな。うちは和菓子屋だからか、家族の全員があたりまえのように日本茶を淹れるけど、僕を含め、誰も凪さんほどおいしくはできないと思いますよ。同じ茶葉と急須を使っているはずなのに、芙蓉さんがやるより味がまろやかになる。渋みのあるお茶の場合は、いい感じに尖るし。添え物じゃないところがいいんですよね」

「添え物？」

「お茶って、単体で楽しむことが少ないじゃないですか。甘いものを食べるときとか、来客のときにおもてなしとして出すとか、じっくりそれだけを味わおうとする人は、少なくとも僕のまわりにはあまりいない。茶会でも、必ず和菓子は出ますしね。でも凪さん、たぶん何もなくてもしょっちゅうお茶を淹れて飲んでいるでしょう」

図星である。

おいしいお茶を飲むときは、本来、よけいなつまみなど必要ないのだというのが祖母の言だったから。誰かとおしゃべりしながら飲むお茶も、いつのまにかなくなって、ろくに味わうことができない。静かに堪能する時間をもつようにしなさい、と言う祖母が淹れてくれたお茶を飲むときは、たいてい縁側で二人きり、言葉をかわすこともほとんどなかった。

だから凪も、祖母の息子である父も、昔からひとりでお茶を淹れてぼんやりすることが多かったのだ。

「お茶そのものの味を引き出す、凪さんのような淹れ方ができる人はそうそういません」

「ありがとうございます。でも、それで生計が立てられるわけではないし、やっぱり、大したことはないと思います。芙蓉さんの役に立てているかどうかも、わからないし」

思い出したのは、三浦と平井のことだった。

あれから芙蓉と、その件についてゆっくり話すことはできていない。話す必要はない、と思われているのかもしれないけれど、けっきょく自分には何もできなかった、という後悔が静かにずっと、渦巻いていた。そもそも、凪は何も知らされていなかったのだし、知っていたところで二人の問題に誰も介入なんてできなかったはずだけど、でも、誰かのために何もできないということがこんなにも無力感をともなうものだということを、凪はこれまで知らなかった。安達に日傘を差し伸べたのも、そんな想いがあったからかもしれない。

えー、と繕が不服そうな声をあげた。

「関係ないでしょう、仕事になるかどうかは。むしろ、仕事でもないのにあれだけおいしいお茶が淹れられるって、すごいことだと思うけど。僕は、仕事のことなら頑張れるけど、それ以外のことは一切やる気の湧かない、社会不適合者なので」

自虐的に言うが、繕がそれを引け目に感じている気配は、ない。

「それに、僕をすごいと思うのは凪さんが和菓子職人じゃないからですよ。全国、いや都内だけでも、僕程度の和菓子をつくれる奴は山といる。そういう意味では、僕だって大したことはありません」

そうかな、と首をひねりながら凪は冷たい抹茶に口をつけた。控えめな甘さと濃厚な抹茶の風味が見事に調和し、残暑で火照った身体に内側から爽やかな風が吹く。

「私だって、有名なお店の和菓子や、こういう抹茶ドリンクを飲んだことはありますけど、繕さんのがいちばんおいしく感じます」

「まあつまり、それが好きってことですよね」

さらりと放たれた言葉に、凪は目をしばたたいた。繕は、いじわるく口の端をあげる。

「凪さんは、僕のことが好きなんですよ」

「え、いや、あの」

「別によくないですか、それが恋じゃなくても。何かを、誰かを、好きになるってそれだけで特別なことです。僕は、凪さんに好きになってもらって、光栄です」

「あ……りがとうございます？　どういたしまして？」

どんな表情をつくっていいかわからず、ぎこちなく答える凪に、繕はおかしそうに肩を揺らした。

「凪さんは、僕のことが好き。でもそれよりも、僕の和菓子のほうが好きで、それ以上にきっと、芙蓉さんのことが好き。それだけで俺はうれしいし、芙蓉さんも同じだと思う。役に立っているかどうかの判断は僕にはつかないけど、凪さんと暮らしはじめてからの芙蓉さんは楽しそうですよ。癪に障る程度には」

「暮らし始めてからは、って前は違ったんですか」

芙蓉なら、いつでもどんな状況でも、自分で道を切り開いてタフに楽しんでいそうである。

けれど繕は、渋い顔をした。

「実をいうと、僕はもともと、芙蓉さんのことはあんまり好きじゃなかったんですよね」

今度は、凪が渋い顔をする番だった。

芙蓉の近くに住んでいるというだけで、あれほど嫌味な態度をとってきたのに？

ですよね、というように繕は苦笑する。

「昔の芙蓉さんは、僕がいちばん嫌いなタイプだったんですよ。前も言ったでしょう。しょっちゅう小言を言われていたし、うちの祖母に会いにきては、自分の夫のことを愚痴っていました。口癖は、普通に幸せになりたいだけなのに。ま、うちの祖母も似たようなものでしたけどね。だから、二人が居間で顔をつきあわせているのを見ると、僕はいつも逃げていました」

「普通に幸せ……」

思い返してみれば、平井ともそんな話をした気がする。普通の幸せ。それを追い求めて凪も結婚しようと思ったのではなかったか。

繕は、渋面をつくった。

「幸せなんて姿かたちの見えないものに、普通なんて概念をあてはめるほうが間違っていると思いませんか。その店の味を求めて入ったラーメン屋ですら、麵の硬さや脂の量を選ばされるんですよ？」

「でも、なんとなくイメージとしてありませんか。ラーメンだって、だいたいこういうおいしさ、みたいなものを誰もが共有しているじゃないですか」

「共有できていると思っていることが間違いなんですよ。その人が本当はどういう味わい方をしているのか、なにをもっておいしいと言っているのか、誰にもわからないんだから。同じ店のラーメンが好きだからといって、イメージが同じとは限りませんよ」

「でも……」

一生をともにしたいと思える相手と出会って、結婚して、望むのならば子どもをもうけて、仲良く寄り添って生きていく。そんな幸せのイメージに、大きな差はないような気がする。

そう言うと、繕はうなずいた。

「僕のまわりにもいますよ、そういう人たち。なんだかんだ問題を抱えながらも幸せなんだろうなあって見ていて思います。いいなあ、ってあたたかい気持ちになることだってある。でもそれは本当に、万人にとっての幸せですか。少なくとも僕にとっては違うなと思ってしまう」

繕の言葉には迷いがない。本当に、結婚というかたちに興味がないのだということが、よくわかる。

「不安じゃないんですか。普通、とされていることからズレること」

「なんでこんなふうなんだろうな俺は、って考えたことはありますけどね。……あのね、凪さん。これは仮交際を申し込んだ立場の誠意から、というか僕の申し込みが決して茶化しではないことをわかってもらうために、話すんですけど」

はい、と凪は無意識に姿勢を正す。

背後の客を気遣ってか、声を抑えて繕は言った。

「僕は、希美と同じなんです。同じように……いや、もしかしたら、あいつ以上に、性的なことを嫌悪している」

グラスをもった繕の手のなかで、氷がかろんと音を立てる。

「小説で読んだり映画で観たり、そういうのは別にかまわないんです。でもいつからか、自分にそういう欲望を向けられることが耐えられなくなった。思春期特有の潔癖かな、と思ったこともありますが、むしろ年々強まっています」

繕は肩をすくめた。

「困ったことに、恋愛感情はあるんですよ。つきあう人にはいつも、愛情を感じないとか冷たいとか言われますけど、僕なりにその気持ちは恋だと思って大事に育てているんです。でも向こうはそうと思ってくれない。だからかな、いつしか、僕のことを絶対に好きにならなそうな人ばかり好きになるようになりました」

「……たとえば私みたいな？」

わざと冗談めかして言ってみる。繕は吹き出して、そうそう、と軽い調子でうなずいた。

「凪さんのことは全然好みのタイプじゃないんですけど、結婚相手としてはちょうどいいんじゃないかと思いました。それが正直なところです」

「なんでもかんでも正直に言えば誠実ってわけじゃないと思いますけど」

「でも凪さんも、困るでしょう。僕があなたを大好きになったら」

「ちょっと想像つかないですけどね」

「それでも、あなたが僕のことを好きだと思う程度には好きですよ。それくらいがちょうどいいんじゃないかとも思う。普通の幸せとはかけ離れているかもしれないけど、一人より二人のほうが心強い、と思えるのが結婚のメリットだとしたら、僕たちはそう悪くない組み合わせなんじゃないでしょうか」

ふと思い出したのは、やはり平井のことだった。

もし彼が、抱えている事情を、葛藤をこんなふうにまっすぐ打ち明けてくれていたなら、もしかしたら二人でうまくやっていく未来もあったのではないか、と。

けれどすぐに打ち消す。三浦の存在がある限り、平井に恋を手放すつもりがない限り、それは難しいことだった。誰と一緒になったとしても、平井はきっと自分が恋した別の誰か——たとえば三浦の影を追ってしまうだろう。そう思って、あ、と凪は声をあげた。もしかしたら、繕も同じなのではないだろうか。

「繕さん、私と結婚したら、当初の狙い通りに芙蓉さんちの下に住めるとか思ってません？」

ぎくり、と音がしそうな表情を、繕は浮かべた。やっぱり、と凪は笑う。

「本当に、繕さんは芙蓉さんのことが大好きなんですね」

それは、なんてことない言葉のつもりだった。けれど繕の瞳は、衝かれたように大きく揺れた。

今度は、笑えなかった。

もしかして、と口にするより先に、繕は観念したように泣きだす寸前の子どもみたいに顔を歪める。

「まいったな」

なんて返せばいいかわからなくなって、凪は放置されていた〝あまてらす〟に向き合う。

練り切りとはまた違う、弾力性のある生地に包まれたそれを黒文字で割ると、中からほのかな橙色に染められた白餡が現れた。餡に混ざっている黄色いつぶはなんだろう、と口にふくんだとたん、柑橘の香りが広がる。でもただすっきりしているわけではない、生姜のぴりっとした風味も感じられて、まろやかさと力強さをあわせもつその味に、凪は言葉を失った。

凪の表情に、繕は満足したように口の端をあげた。

「米粉を使ったういろうで餡を包んでいるんですよ」

「ういろうって、名古屋名物の？　こんな使い方もできるんですか」

「練り切りだと、繊細なグラデーションをつくりにくいんですよね。今回はどうしても、赤と黄色を使って、エネルギーがうずまく感じにしたかったので。でも、強すぎるのもちがうと思ったから、片栗粉をまぶして表面のつやを抑えました」

「餡の中に入っているのは、オレンジと生姜？」

「惜しい。カルダモンも入れています」

「……芙蓉さんみたいな、お菓子ですね」

抹茶を飲むと、苦みと甘みが調和して咽喉の奥まで伝わっていく。その余韻を味わいながら、凪はつぶやいた。

「華やかで、力強くて、でもとても優しい。昔のことは意外だったけど……でも、今の芙蓉さんは、私にとってはあまてらすみたいな人だから」

そうかもしれませんね、と繕はうなずき、壁にかかった絵を見あげた。

「芙蓉さんに何があったのか、詳しい事情を僕は知りません。ただ、見た目に明らかに変わったのは三年、いや四年くらい前のことかな。お連れ合いが亡くなってしばらくして、息子さんが芙蓉さんと距離を置くようになってからです。今、凪さんが住んでいる部屋には、息子さんご夫婦がいたんですよ。そもそもお二人のために大々的にリフォームした部屋なんだって聞いています」

どうりで、芙蓉が部屋のつくりを把握しきっているわけである。凪よりも部屋でくつろいでいるのも、もともと馴染みのある空間だったからなのだ。

「息子さんたちがあの家を出て行って、しばらくしたころかな。祖母に言っているのを聞いたことがあります。私はこれからの未来を自分のためにちゃんと生きることにした、って。最初は、口先だけでは何とでも言えるって思ってたんですけど」

あるとき、知らせた覚えのないイベントにわざわざ出向き、繕の和菓子を買ってくれたのだという。そして、謝罪された。あなたの和菓子は、おいしいだけでなく、繊細で優しい味がする。そんなことも知らずにこれまで、一方的に否定するようなことを言って悪かった、と。

「そのとき言われました。私は、自分の尊厳を踏みにじられてきた腹いせに、他の誰かを否定してきたのかもしれない。あなたのことも、きっと孤独に追いやる加担をしてきた。今はそれを、心から反省している、って」

睡蓮の店長を紹介してくれたのも、そのあとのことだ。むりやりメニューにねじこんだわけではない。店の雰囲気にあう品を提供できるか、そのプレゼンをする機会を与えてくれた。

「相談所の手伝いを始めたのも、同じころじゃないかな。あれからずっと、芙蓉さんは誰かに手を差し伸べ続けている。ちょっとどうかと思うくらい、誰にでも優しくて、孤独にさせまいと一生懸命であるように俺には見えます。なんてかっこいいんだろうって思いました。僕には、できない。そんなふうに自分の過ちを、弱さを認めて、行動を変えるなんて。かっこよくて……そして、美しい。誰よりも。そう、思ってしまったんです」

それが恋なのかどうか、凪にはわからない。ただ繕が、芙蓉を強く想っていることだけは、伝わってきた。ならば今は、その想いを誰にも邪魔されることなく、大事にしていてほしいと思う。

「……いいじゃないですか、繕さんも、おんなじで」

「おんなじ?」

「私のことは好きだけど、それより私の淹れるお茶のほうが好き。なぜならそこには、芙蓉さんがいるから。一緒に過ごすその時間が、芙蓉さんのことが、繕さんは大好き。私と、一緒です」

凪は、からになった皿に、黒文字を置いた。

「繕さん、持ち帰り用にもうひとつ、〝あまてらす〟をいただけませんか。芙蓉さんにも、食べさせてあげたい」

そして一緒にお茶を飲みながら、芙蓉と話がしたいと思うのだった。

どんな想いを背負って生きてきたのか。芙蓉にとって、カサンドラの孤独とはどういうものだったのか。本人の口からちゃんと聞いてみたい。凪にとっても芙蓉は、これまでの人生で出会ったことがないくらい、かっこよくて美しい大切な人だから。


次の日、凪は久しぶりに実家に帰った。同じ都内で、地下鉄を乗り継げば三十分もかからない距離なのに、結婚がだめになったと電話で報告して以来、気まずくて足を向けられなかった。

凪が来ると知らされてか、近くに住む姉家族だけではなく、忙しいはずの兄も駆けつけてくれた。妻と子どもを放っておいていいのかと聞くと、たまには俺がいないほうがラクできるんだよ、と笑う。

「あいつも、凪のことを心配していた。おいしいもの食べさせて、鞄でも靴でも好きなものを買ってやれってさ」

「いいよ。そんなお金があったら、家族でディズニーランドでも行ってきて」

「言うと思った。凪に物欲がないのを知っているから、あいつも度量の広そうなことを言うんだ。でも心配しているのは本当だから、今度、顔を見せてやってな」

ありがとう、と言いかけた凪の足元に、五歳になったばかりの姉の娘がタックルをかます。ぎゃっ、と悲鳴をあげて崩れ落ちる凪に、姪はぎゅうと抱きついてくる。

「なあちゃん、なあちゃん、きょうはおとまりする？　いっしょに、おふろにはいる？」

「お泊まりはしないよ。明日も仕事があるからね」

「そんなの、うちから行けばいいじゃない。久しぶりなんだし、のんびりしていきなさいな」

台所からすき焼き鍋を運んできた母が言う。

めでたいことがあったときは、寿司。家族を元気づけるときは、すき焼き。なぜなら、肉を食べながら落ち込み続けることは、難しいから。結木家の愛情表現はいたってシンプルで、凪が物心ついたときから変わらない。

「うん、でも、大家さんと朝ごはんを一緒に食べる約束もあるし」

「それは毎日、絶対なの？　あなたが一人ぼっちじゃないっていうのは安心だけど、でも、無理させられてるんじゃない？　足元をみられて、世話を押しつけられているんだとしたら、問題よ」

「そんなんじゃないよ。昔でいう、下宿みたいな感じなの。だからお世話をしてもらっているのは、私のほう」

「だからってさ、やっぱり家族とは違うんだから、ちゃんと一線は引かないと」

口を挟んだのは、缶ビールを片手にすでに顔を赤らめている姉だった。

「ていうか、とりあえずうちに帰ってくればいいじゃん。つらいことがあったんだし、しばらくは甘えていいんだよ」

「あなたは近くに住んでいるのをいいことに、甘えすぎだけどね」

姉は事あるごとに娘を預け、母のつくった惣菜をしょっちゅうもらっていくと母が言う。けれど姉は、どこ吹く風だ。「このあいだぎっくり腰やったときは私がいて助かったくせに」と胸を張っている。

「それよりさ、凪はほんっと甘えるのが下手だから。何かあったらいつでも言うんだよ。ようやく甘えられる相手が見つかったと思ったらクソ野郎だしさあ」

「ちょっともう、そういうこと言わないの」

「でも大丈夫だからね。きっと凪には素敵な人が現れるし、私たちはいつだって味方だから」

姉の言葉に、すみで新聞を読んでいた父が、初めて存在感を示して「そのとおりだ」といかめしく言う。

ああそうか、とその情景を見ながら凪は思った。凪の抱く〝普通の幸せ〟のイメージは、これだ。ときには喧嘩もするけれど、基本的には仲がよくて、義理の家族となった姉の夫や兄の妻とも、ほどよい距離感で接している。内心で思うところはお互いあれど、激しい揉め事が起きるほどじゃない。みんなが思いやることでつながる家族の安心感を、凪は幼い頃から一身に受けて育ってきた。それはとても恵まれたことなのだろう、と思う。だけど。

「そうそう、おばあちゃんから届いた赤紫蘇。凪は今年、まだ飲んでないでしょう」

母が水割りにしたグラスに氷を入れて出してくれる。一口飲んで、凪は違和感に眉をひそめた。こんなに酸っぱかったっけ。

「凪、昔から好きだもんねえ、それ」

母の言葉にうなずきながら、凪は胸がつぶれそうに痛みだすのを感じていた。そうだ、こういうちょっとした違和感を、言うほどではない居心地の悪さを、凪はずっと抱えてきた。その罪悪感に耐えきれなくて早々に家を離れたのだと。

みんなが笑いあう穏やかな空間。凪にとっても心地のいいそれが、長引くと妙にむずむずさせられ、逃げ出したくなってしまう。どんなに好意を抱いている相手でも、四六時中一緒にいることは耐えられない。過度な愛情表現は煩わしくて面倒だ。みんな、そういうものだと思っていた。だからなんの気なしに言ったのだ。選べない家族にとじこめられるのってけっこう、理不尽だよね。なんでみんな文句も言わずに従っているんだろう？　聞いた姉は、ひどく怖い顔をして言った。――どうしてそんないやなことを言うの？

罪悪感を、抱えるようになったのはそのころからだ。

だから、凪は、結婚しようと思ったのかもしれない。みんなと同じように伴侶を見つけ、家族をつくれば「そんないやなこと」など思わなくなるんじゃないかと思った。注がれる愛情に値するものを、今度こそちゃんと返せるようになるのではないか、と。

――でもそれは本当に、万人にとっての幸せですか。少なくとも僕にとっては違うなと思ってしまう。

繕の言葉がよみがえる。

無性に、芙蓉に会いたかった。家族は優しい、すき焼きもおいしい、こんなにも理想的な幸せを前に、芙蓉と朝ごはんを食べたいと願ってしまっている。それが自分なのだと、凪は思った。祖母の味をなぞったつもりが、自分好みの赤紫蘇ジュースをつくったように、凪は、凪の求めるものしか手元には残せない。

ふと、また、平井を思う。あれから何度も、彼を思い出さずにはいられない。

あなたもそうだったんですよね、と届かない声で語りかける。彼の幸せはきっと、男女の結婚のなかにはない。それでもいいじゃないかと、凪は平井に言いたかった。結婚して、子どもをもうけて、それで母親が喜んでくれたとして、あなた自身は心の底から笑えるんですか。本当に欲しいものは、きっとそれじゃないでしょう？

平井の、凪の本音は、家族を幸せにはしないかもしれない。でもだからといって、家族のことを自分なりに愛しているのも本当で、それを否定する必要はないのだ。自分が幸せだと思うことを、誰かのために手放す必要もない。

そう思うことで凪もまた自分を縛りつけていた〝普通の結婚〟からようやく解き放たれるような気がしていた。

翌朝、凪は四時に目覚めた。大音量のアラームによって、むりやり起きた、というほうが正しい。のろのろと支度をして、芙蓉が朝の散歩に出かける時間より前に一階に降りて、彼女が現れるのを待った。

ジャージ姿で現れた芙蓉は、エレベーター前でぼうっと突っ立っている凪に目を丸くする。

「今日は外で朝ごはんを食べませんか。二十四時間営業のカフェがあるのを見つけたんです。五時からモーニングをやっているんですって」

トーストとスープ、ドリンクも付いて五百円という驚異的なコストパフォーマンスである。あそこね、と芙蓉はうなずいた。

「行ったことはないけど、気になってはいたのよね。でもだったらあなた、支度を先に済ませてきたら？　そのまま出社するほうがラクでしょう」

「大丈夫です。今日は有休をとりました」

「なにをまた、急に」

「たまには芙蓉さんとゆっくりするのもいいかな、と思って」

迷いはしたが、そもそも切羽詰まった事情がなければ休んでいけないわけではない。繁忙期も過ぎているし、上司は、数日まとめて休んだっていいと推奨してくれたくらいである。

「あなた、変わったわね」

凪の胸の内を察してか、芙蓉は苦笑した。

「出会ったころはもっと閉じていた。あんなことがあったのだから、当然だろうけれど」

「あんなことがなくても、私は閉じていました。変えてくれたのは、芙蓉さんです。だから、力になりたいんです。私には何もできないけれど」

「そんなことは、ないけどね」

そう言う芙蓉と、連れ立って外に出る。その足がカフェの方向に向いてくれたことに安堵する。

少し湿り気を残した、けれど早朝の澄んだ空気が、凪の肌を撫でる。陽は昇っているけれど、凪の知っている朝よりは景色の色が薄ぐらい。車どおりもほとんどないこの静かな時間を、芙蓉は毎朝、一人で味わっているのだ。

オープンテラスのカフェには、まばらに先客がいた。観光客だろうか、英語でも日本語でもない言葉が飛び交っているのが聞こえる。昼のメニューを見れば、タコスにパエリアとさまざまな国の料理が並んでおり、つくりと同じく開放的な店らしいとわかる。

「心配してくれたのよね」

運ばれてきたアイスコーヒーで咽喉を湿らせてから、芙蓉は言った。

「ごめんなさいね。夫のことを思い出すと、いまだに冷静ではいられなくなるの。安達さんの話も、他人事に聞こえなかったからつい、ね」

「そんなにひどい人だったんですか」

「そうねえ。たとえば長期休みも息子と私を置いて一人で遊びまわるのを怒ったら『一緒に出かけたいならはやく決めてくれないと、俺の予定は埋まってしまう』って言われたとか？　息子の好物だろうとなんだろうと、家にあるものは全部食べてしまうとか？　それを怒るとやっぱり『欲しいなら言ってくれないと。半分あげようか』って食べかけを差し出されるとか？」

うんざりしたように、けれどつとめて軽い口調で芙蓉は指折り数えて列挙していく。一つひとつは確かに、やられたらいやだなと思うものばかりだけれど。

「でも、あらかじめ予定を伝えておいたら、空けておいてくれるんですよね？　食べていいものとだめなものをわけていたら、防げるんじゃ」

「日常の何もかもに先手を打つなんて、無理。それに問題は、夫のなかに私たちがどう思うか、どうしたいかを考える視点がないことなのよ。それが安達さんの言う、思いやりよね。努力はしたわよ、私だって。こういうときはこうしてくれると嬉しい、これはやらないでほしい、って丁寧に伝えた。安達さんもそうじゃないかしら。でも聞いてくれないし、うちの夫は逆ギレすらしたの。言われた内容ではなく、責められたという状況しか、受け止められない人だったから」

あたりまえだが、次第に関係は冷え切っていった。

息子が小学校にあがるころには、芙蓉は夫に対する嫌悪感を抑えきれなくなっていた。それでも、始めたばかりのお茶と着付けの教室だけじゃ、子どもを一人で育てていくことはできない。なにより、離婚なんて世間体の悪いことを、両親はもちろん、芙蓉自身が受け入れることができなかった。

「つらかったわあ。責められるのがいやだからって、私の落ち度をあらゆるところから拾って、反論してくるのよ。お前だってあのとき遅刻した、お前だって勝手に食べた、とかね。私は十回に一度失敗することもある、あの人は十回に一度失敗しないことがある、って感じだったのに。俺だってやらないわけじゃない、できないわけじゃない、ってそればっかり……」

お前だって、お前だって、お前だって。

聞くたび、腹の底が煮えたぎるように熱くなった。けれど言葉尻を強くすれば今度は「言い方がきつい」と怯えたような顔を見せられた。確かに芙蓉は昔から気の強さを注意されることが多かったから、それもいつしか負い目となった。だからといって、穏やかに話しかければ、まともに聞いてくれないしすぐに忘れてしまう。

そうして、どうしていいかわからなくなるばかりの芙蓉が、愚痴をこぼせば決まって言われるのだ。男というのはそういうものだ、手のひらで転がせるくらいにならなくちゃと。

SNSどころかインターネットのない当時、芙蓉は誰かと苦しみを共有することもできず、どんどん追い詰められていった。

カサンドラの、孤独。

しだいに芙蓉は怒りっぽくなり、愚痴っぽくなり、心の底から笑うこともできなくなった。

「誰も私のことなんてわかってくれない、って……死んでしまいたいときもあった。夫のことが宇宙人みたいに見えて、普通はこんなことしないのに、みんなは夫婦で寄り添いあって生きているのに、どうして私だけ、って情けなくてしょうがなくて」

普通に幸せになりたいだけなのに。

それがいつしか、口癖にもなっていったのだ。

芙蓉は、すっかり冷めてしまったモーニングのトーストをかじる。凪も、黙ってそれに倣う。言いたいことはたくさんある気がするのに、うまく言葉に成らなくてもどかしい。

「沙良さんは、沙良さんの味方でいてくださいって、あなた言ったでしょう。婚約者のお母さんがうちに来たとき」

言ったっけ、と記憶をたどる。はっきりとは覚えていないけど、言ったかもしれない。曖昧な表情を浮かべる凪に、芙蓉はふふっと笑った。

「誰が沙良さんの立場を慮ってくれるんですか。蔑ろにされて傷ついた気持ちをなかったことにしないでください、だったかな。よく覚えているの。あれからずっと、胸の内で反芻していたから。あの言葉は……沙良さんだけじゃなく、私のこともちょっぴり救ってくれたのよ」

「でもそれは」

急に、瞼の裏が熱くなる。私、泣きそうなんだ。そう気づいて、動揺しながら、凪は続けた。

「それは、芙蓉さんが、傷ついた私を拾ってくれたからです」

ついておいで、と言ってくれたから。

ずぶ濡れになった凪から、簡単な事情を聞きだした芙蓉は、だったらうちに住めばと言ってくれた。思う存分、傷ついたままでいたらいいわ。そのうち、自然と立ち直るからと。それ以上、詳しいことは何も聞こうとはせずに。

どこにも居場所がなくなったと絶望していた凪の心に、ほのかな光を差してくれたから。

「今も、思っていますか。普通に幸せになりたかった、って」

こみあげるものをぐっと飲みこんで、つとめて、静かに聞く。

そうねえ、と芙蓉は首を傾げた。

「そういう人生だったら、どれほどよかったかなあ、と思うことはある。でも、こんなの普通じゃない、夫はおかしい、って思えば思うほど、私は自分自身を追い詰めていた気もするのよね。普通って型に夫をむりやり押し込めようとして、それがどうしてもできなくて、パニックを起こしていたんだとしたら、最初からその型をもたなければよかったのかもしれないなあ、って」

普通からズレるのが怖くないのかと、聞いたときに繕は言っていた。なんでこんなふうなんだろうな俺は、と考えたことはあると。凪も、ある。もし、みんなと同じように人を好きになれていたのなら。稜平の想いをまっすぐ受け止められていたなら、どんな未来が待っていたのだろう。なんで自分は、こんなふうにしか生きられないのかと。

でも、だから、芙蓉に出会えた。

繕の和菓子を食べて、睡蓮でお茶を飲んで、ひと心地つく。そんな日々の幸せを得ることもできた。

「私、芙蓉さんと暮らすようになってから、毎日がけっこう、おもしろいんです。自分とはまるで違う価値観で……違う〝普通〟を生きている人たちの話を聞いて、共感できることばかりではないけれど、でも、そういう人もいるんだなあって、世界がどんどん広くなっていく気がして」

そんな凪の世界の中心に、芙蓉はいる。

あまてらすのように、燦然《さんぜん》と、輝いている。

「そんなふうに、みんなが、おもしろがれたらいいですね。安達さんも……彼女さんとの日々を、おもしろがれたらいいなって思います。だって真逆の二人のあいだに子どもが生まれたら、ものすごく個性が強そうじゃないですか。興味のあることには全集中する彼女さんが、子育てに真剣に向き合ったら、どんなふうになるのか想像もつかないし」

芙蓉は、不意打ちをくらったように、目を丸くした。

そしてなぜか、泣きだしそうな表情を浮かべて笑いだす。

「あなたって人は、もう」

「変なこと、言いました……？」

「いいえ。ただ、思い出したの。私もね、ある人におもしろがりましょうって言われたのよ。何がおもしろいのかって最初は腹も立ったけど、それがきっかけで私は、変わろうと思えた」

ある人って誰ですか、と凪は聞いてみたかった。もっと芙蓉の話を聞いて、心に触れてみたかった。でもたぶんそれは今じゃない。時間をかけて、ときにすれちがいながらでしか、人は人と出会っていけない。

芙蓉はアイスコーヒーを飲み干し、残っていたトーストを口のなかに放り込んだ。

「そろそろ、家に戻らない？　ここもおいしかったけど、あなたの淹れたお茶が飲みたい。確か部屋に、もらいもののゼリーがあった気が……」

「もしよかったら、今日は、お菓子抜きでお茶だけを楽しみませんか。まだ芙蓉さんにお出ししていない茶葉もたくさんあるんです」

きっとまた、すぐに凪は揺れるだろう。

誰かと違う自分を比べて、どうして自分はこうなのだろうと、悩む日はいずれ、またやってくる。それでも芙蓉と静かにお茶を飲む、その時間の記憶があればきっと、前に進んでいける気がした。

芙蓉さんの趣味がなにか知りたくありませんか、と繕からメッセージが届いたのは土曜の朝のことだった。

「今晩、予定があきそうなんです。お時間あったら一緒に覗きにいきませんか」

どこに、なにを。と聞いても思わせぶりな反応が返ってくるばかりである。この人はあんがい私の扱いが上手だな、と思いながら凪は、仕事終わりに指定された住所へ向かった。それは、予想していたとおり、四ツ谷の〝セイちゃんの店〟であった。

「お連れ合いが生きていたころ、芙蓉さんは何かにつけて趣味の時間を潰されていたらしいんです。それで、一人になって、通い始めたのがここ」

「ウイスキー同好会でも結成しているんですか」

にやりと笑って、繕は凪を店内に誘った。

カウンターには、すらりと長い足をのばしてグラスを傾けている芙蓉がいる。ただし身にまとっているのはいつものカジュアルなジーンズでも着物でもなく、スパンコールで輝くドレスだ。つけまつ毛をつけて真っ赤なリップを引き、いつになく迫力のあるメイクを施している。

ぽかんとする凪を見るなり、芙蓉はむせた。

「ちょっと、繕ちゃん！　恥ずかしいから内緒って言ったじゃないの！」

「抜け駆けしているようで、気が引けていて。僕ら、芙蓉さんファンクラブの同志なので」

「ばか言ってんじゃないわよ。ちょっと……もう、やだあ」

少女のように両手で顔を覆う芙蓉も珍しく、凪は言葉もなくじろじろと眺めまわしてしまう。

「芙蓉さんの出番までしばらくありますから、こちらでお掛けになってどうぞ」

カウンターの中からセイちゃんに声をかけられ、凪はためらいがちに、芙蓉の隣に腰をおろした。観念したように芙蓉は、ウイスキーを呷って言った。

「私はね、昔から歌を歌うのが好きだったの。知り合いに誘われて、合唱サークルみたいなものに通っていたこともあるのよ。先生にもずいぶんと褒められて、ソロを任せてもらったりもした」

けれど一年と経たず、やめてしまった。夫が、笑ったからだ。たいしたもんだな、その程度の歌で堂々と、と。

「晩年になって、きみの歌声はよかったなあ、また聞きたいなあ、なんてうそぶくから、誰のせいよって言ってやったわ。俺はそんなこと言っていない、お前はすぐに自分の都合のいいように記憶を捏造するって、怒っていたわね」

芙蓉にとって歌は、長いあいだ、悲しみと怒りに紐づいていた。だからもう何年も、好んで

ＣＤを聞くことすらなくなっていた。そんなとき、誘われて観たのがエディット・ピアフ――フランスでもっとも愛されたシャンソン歌手の、生涯を描いた舞台だった。

「私より年下ではあるけれど、還暦を過ぎた女優さんが力強く歌い上げる姿に打たれちゃってね。ピアフの人生も幸せいっぱいってわけではなかったけど、手放したくないものを握りしめて戦い抜いたその姿にも、なんだか励まされるような気がした。それで、また歌ってみることにしたの。……でも、ステージに立ち始めたのはここ一年くらいの話なのよ。まだまだ人に聞かせられるようなもんじゃないから……ああもう、繕ちゃんったら！」

凪と肩を並べながら、いつのまにかビールを注文していた繕は、涼しい顔でグラスを傾けている。

ステージの上で、アコーディオンを抱えた男が、音の調節を始めていた。そろそろだ、と気づいた客席がにわかにざわめく。芙蓉はすっくと立ちあがり、挑発的に凪と繕を見下ろした。

「見てなさい。度肝を抜いてさしあげるから」

そうして壇上にあがっていくうしろ姿を見守る凪は、すでにじゅうぶん、度肝を抜かれている。そんな凪の前に、繕が、小さな白い箱をさしだした。いつもの、和菓子が入っている箱だ。

「芙蓉さんのライブには、芙蓉さんをイメージしたこの和菓子を毎回、差し入れしているんです。今日は、凪さんのぶんもつくってきました」

「開けていいんですか」

と聞いたのは、繕ではなくカウンターのなかにいるセイちゃんにだ。どうぞ、召し上がっても構いませんよ、と老紳士は穏やかに微笑む。

箱の中には、小さな青い鳥がいた。

「ちょうど今の時期を、七十二候で鶺鴒鳴《せきれいなく》というんですよ。秋の訪れを感じる空に甲高く澄み切った声を響かせる鶺鴒。まさしく歌う芙蓉さんに重なるでしょう?」

「繕さんって、実はかなりロマンティックな人ですよね」

からかう凪を、繕は華麗に受け流す。

「鶺鴒は『日本書紀』にも登場します。イザナギとイザナミを添わせた鳥として。本物は白と黒のコントラストがかわいいんだけど、ブルーバードにちなんで、いつも青に変えているんです」

まさに芙蓉のためだけの和菓子。そして繕にしかできない愛情の表現だ。

だからこそ、ためらう。そんな和菓子を、ついでとはいえ凪が受けとってもいいのかと。そう言うと、繕は微笑んだ。

「このあいだ、話を聞いて思ったんです。確かに、芙蓉さんにはあまてらすのほうが似合うかもしれないなって。だとしたら、鶺鴒は凪さんかもしれない。太陽神のそばで、神々とは違うかたちで人の心を結ぼうとする小さな鳥。だからこれは、凪さんのための和菓子でもあるんですよ」

「……やっぱり、ロマンティックが過ぎませんか」

「安心してください。口説いているわけじゃないですから。芙蓉さんを愛する者同士、友愛の印ということで」

その瞬間、アコーディオンが、前奏を奏で始めた。

凪と繕は口をつぐみ、和菓子はそのままに、まっすぐ壇上に立つ芙蓉を見つめる。

流れる曲は、エディット・ピアフの『愛の讃歌』。

芙蓉が初めて鼻歌を歌ったあのとき、凪はその歌詞を調べていた。あのときはまだ、芙蓉と夫は仲睦まじいものだと信じていたから、あなたさえいれば何もいらないといわんばかりの情熱的なその歌は、芙蓉の人生そのものかもしれないとすら思っていた。

けれど今は、違う。

あなたが私を愛しているかどうかは、関係ない。私があなたに愛を注ぎたいだけなのだと、フランス語で歌い上げる芙蓉は、いったいどんな想いでこの曲を歌うことを決めたのだろう。愛しているあなたが望むことを、私はなんでもしてあげたい。そうすることで、幸せになりたい。それがかつて芙蓉の望んだ〝普通の幸せ〟だったのではないかと、艶のある歌声を耳にしながら凪は思う。ともに生き、ともに幸せになるために、心も時間も費やそうとしていたからこそ、報われない夫との生活に押しつぶされて、絶望した。

そんな芙蓉が今、この歌を、歌っている。

夫のためではなく、自分のために。腹の底から、愛を賛美する歌を。穏やかな慈しみに満ちたまなざしを、客席に、そして思わせぶりに凪と繕に向けながら。

凪に恋は、わからない。

だけどたぶん、芙蓉の歌う愛ならわかると、その姿を見て思うのだった。たとえ血のつながりがなくても、法的に結びあう関係でなくとも、いつか別れる日が来るそのときまでは、寄り添いあって生きていきたい。そう思える相手と出会えたなら、それは恋じゃなくてもきっと、幸せへの道標《みちしるべ》なのだと。

客席が喝采に包まれる。

力いっぱい拍手をしながら、凪は目尻に滲んだ雫をぬぐった。誰かを想って心を揺らす今の自分が、芙蓉と出会えた自分の今が、きっと未来へと生かしてくれる。ステージの光を見つめながら、凪はこみあげる愛おしさに身をゆだねた。

初出　「小説推理」'24年5月号〜'24年8月号

橘もも●たちばな・もも

1984年、愛知県生まれ。『翼をください』で第7回講談社X文庫ティーンズハート大賞に入選し、2000年に同作でデビュー。著書に「それが神サマ!?」「忍者だけど、OLやってます」シリーズなど。ノベライズ作品に『小説 透明なゆりかご』『小説 空挺ドラゴンズ』『NHK連続テレビ小説 ブギウギ』などがある。

恋《こい》じゃなくても

2024年12月21日　第1刷発行

著　者――橘もも

発行者――箕浦克史

発行所――株式会社双葉社

東京都新宿区東五軒町3-28　郵便番号162-8540
電話03(5261)4818〔営業部〕
03(5261)4831〔編集部〕
http://www.futabasha.co.jp/
(双葉社の書籍・コミック・ムックが買えます)

DTP製版――株式会社ビーワークス

印刷所――大日本印刷株式会社

製本所――株式会社若林製本工場

カバー印刷――株式会社大熊整美堂

落丁・乱丁の場合は送料双葉社負担でお取り替えいたします。
「製作部」あてにお送りください。
ただし、古書店で購入したものについてはお取り替えできません。
［電話］03-5261-4822（製作部）

定価はカバーに表示してあります。


ISBN978-4-575-24790-9 C0093